LES CONTES
DE ZATTISE ZEQWESTCHEN

E. BOUTEVILLAIN-WEISROCK

La Quête

Illustrations : Alain Catherin

© E. Boutevillain-Weisrock 2022

Édition : BoD – Books on Demand, info@bod.fr
Impression : BoD – Books on Demand, In de Tarpen
42, Norderstedt (Allemagne)
Impression à la demande

Illustration: A. Catherin

ISBN: 978-2-3224-2153-4
Dépôt légal : Mai 2022

Confiez au passé sa propre défense, à l'avenir son propre accomplissement.

Benjamin Constant, De l'Esprit de Conquête et l'Usurpation, dans leurs rapports avec la civilisation européenne.

Du même auteur chez BOD

Les Contes de Zattise Zeqwestchen. Illustrations Alain Catherin.

Les Contes de Zattise Zeqwestchen, L'inquisiteur. Illustrations Alain Catherin.

5, rue des Aubépines, Paule, tome 1.

5, rue des Aubépines, Suzanne, tome 2.

5, rue des Aubépines, Suzy Suzette, tome 3.

Nouvelles pour une histoire revisitée.

Armande et la légende de Siméon.

Guenièvre et la loi du Talion.

Chez les éditions 12/21

Alea Jacta Est, prix Télérama Monuments Nationaux Château de Vincennes.

Le lendemain du lendemain du lendemain, soit le lendemain de la grillfest, Hexerine, dormant à poings fermés, lévitait tranquillement, quand, soudain, jaillissant de nulle part, un bruit tonitruant la coupa dans son ronflement la faisant choir sans élégance aucune sur le sol.

– Nondidjiou !

Madame Catherine qui rangeait — plutôt tentait de ranger — sa bibliothèque eut le souffle coupé et échappa les quinze parchemins qu'elle avait en main.

– Corneculr de la mère molle, si je chope le con qu'a fait sauter le pont ! jura Hexerine

Échevelée, elle se précipita dans la cave, suivie de près par une taulière fort mécontente, elle aussi.

– C'est quoi ce délire, éructa Hexerine au diablotin qui se tenait droit comme un i au milieu de la cave.

– Vous êtes mandées.

– On est quoi ?

– Mandées.

– Ah ouais !!!!! Eh ben, tu diras à ton patron qu'on s'en tamponne !

Le diablotin rougit, mais comme il était rouge de couleur, ça ne se voyait pas. Gêné, il toussota.

– C'est que, hum, enfin, je…

– Ouais ?

Le ton agressif de Hexerine fit reculer le diablotin.

– Hex, ne t'en prends pas à lui, il n'est que le messager.

– Ah ouais ? ! Et les trompettes ? C'est normal, ça ? Vous ne connaissez pas le radio-réveil ? C'est un machin qui fait de la musique avec un volume sonore adéquat.

– Hex…

– Quoi !

– On est au Moyen-Âge.

– Ah oui, merde. Ce n'est pas une raison pour nous rendre sourdes !

– Ce n'est pas moi, osa timidement le diablotin, c'est Jéricho.

– M'en fiche ! Tu diras à ton Jéricho que ses trompettes y peut se les carrer où je pense !

– Veuillez excuser le langage imagé de mon amie, mais elle déteste être réveillée brutalement.

– Brutalement ? Tu déconnes ? J'ai l'encéphalogramme plat !

Madame Catherine sourit et entraîna son amie vers l'escalier qui descendait de la cave.

– Allez, viens, vu la méthode, ça doit être important.

– Y'a intérêt, maugréa son amie. Et on fait quoi pour les filles ? On ne sait pas combien de temps on part.

– Ne vous inquiétez pas, le Maître y a pensé.

Alors qu'elles descendaient, une voix se fit entendre dans les haut-parleurs qui n'existaient pas encore : « ô temps suspends ton vol et vous, heures propices ! Suspendez votre cours : laissez-nous savourer les rapides délices. »[1]

– C'est quoi ces conneries ?

– De ?

– Savourer les délices.

Madame Catherine haussa les épaules.

– Licence poétique sans doute.

– Ouais, ben après Jéricho, la licence, elle passe mal. Eh ! Charon ! Ça va, mon gars ?

Charon leva les yeux sur les nouvelles arrivées.

– Imhotep, Imhotep. Ça me fait plaisir de vous voir.

---

[1] Emprunt volontaire au Lac de Lamartine.

– Ouais, pareil.

– Flûte, j'ai oublié l'obole !

– Un carambar®, ça irait ? demanda Hexerine.

– Top !

– Tu sais pourquoi on est là ?

– Aucune idée, mais ça doit être grave, le beau monde défile.

– Oh. Du genre ?

– Du genre avec des ailes.

Les deux amies se regardèrent. Charon les conduisait en Enfer, là où les ailes étaient interdites pour raison de sécurité : risque d'incendie. Les Enfers étaient très stricts à ce sujet.

– Eh ben. Si les auréoles déboulent ici, c'est que ça sent le roussi.

Charon éclata de rire.

– Le roussi ! Le roussi ! Aux Enfers ! Le roussi !

Pendant tout le trajet, il n'eut de cesse de diffuser la blague de Hexerine. Une onde de rire secoua les Enfers pour arriver jusqu'au QG.

– Que se passe-t-il ? interrogea inquiet l'archange.

Le rire des Enfers n'était guère lumineux. Strident, plutôt. Grinçant. Inquiétant. Flippant. Mais pas du tout communicatif.

– Ce n'est rien. Hexerine et Madame Catherine sont en chemin.

– Ah.

L'archange était fort peu rassuré. Des vivants chez les morts, bon pourquoi pas, après tout on est dans un conte, mais des vivants qui font rigoler les morts… Il frissonna.

†

– Ben, on passe par le fleuve des Lamentations ? s'étonna Hexerine.

– Bouchon.

– Bouchon ?

– Les âmes du Purgatoire viennent voir à quoi ressemble l'Enfer.

– Ah oui. Au cas où il y aurait un con qui se dirait « tiens, ça doit être cool, je vais aller là ».

Charon sourit.

– Tu te moques, mais tu ne crois pas si bien dire.

– Sans déconner !

– Sans déconner.

– Y'en a qui croient que c'est un décor de cinéma.

– Nannn !

– Si.

– Du coup, ils font le mauvais choix, conclut Hexerine.

– Voilà.

– Faut quand même être quiche.

– Le Maître a donc modifié l'itinéraire. Quartier des pendaisons, puis la luxure, l'écartèlement, les éviscérations, la décapitation à la hache et ils terminent par le fleuve de lave.

– Le fleuve de lave ? Ça refroidit.

Charon fixa Hexerine, puis éclata de rire. La nouvelle blague fit le tour des Enfers, effrayant encore plus l'archange.

– Vous êtes sûr qu'il n'y a pas de danger ?

– Vous êtes aux Enfers, le rassura le Diable, tout va bien.

– Voilà, vous êtes arrivées. Je repasse vous prendre après votre réunion.

– Merci, Charon. Passez le bonjour à votre famille.

Charon s'inclina. Il avait toujours apprécié les deux femmes, mais autant il était familier avec Hexerine, autant il était humble et déférent face à Madame Catherine. Elle était son idéal de femme savante. Hexerine, son idéal de sorcière. Leur présence honorait sa barque.

– Face de Carême ! s'exclama Hexerine.

Boniface embrassa ses amies avec chaleur.

– Tu nous as lâchées !

– Je devais moissonner.

– Ouais, ouais. Comme par hasard au moment où je gagnais aux osselets.

– En même temps, c'était un peu facile vu que tu m'as perdu une phalange distale et un cunéiforme médial !

– Ce que tu es mauvais joueur !

– Dis donc, tu sais pourquoi on est là ?

– Aucune idée. Je sais que les auréoles arrivent en masse et pas n'importe lesquelles. Du beau monde. L'élite.

– Je n'aime pas trop cela, dit Madame Catherine pensivement. Cela n'augure rien de bon.

– Que veux-tu qu'il nous arrive ?

– Je ne pensais pas à nous.

Hexerine resta silencieuse.

– C'est sûr, reprit-elle, que si nous sommes la solution à leur problème, c'est que c'est bien moisi.

Madame Catherine se stoppa net. Ses pupilles devinrent noires. Intriguée, Hexerine suivit le regard de son amie. Elle aussi s'arrêta et ses yeux devinrent de l'encre noire. Boniface serra sa faux plus fort. Un inquisiteur venait à leur rencontre. Une fois à leur portée, il s'agenouilla humblement.

– Pardon, murmura-t-il dans un sanglot.

Les trois amis étaient loin du pardon. Très loin. La présence du moine leur fit faire un bond de trente ans en arrière. Une forêt, semblable à toutes les forêts. Trois enfants cachés dans un placard. Terrorisés. Des meubles renversés bloquaient la porte. Un homme besognait avec violence une femme maintenue sur une table par deux autres. Une petite fille regardait la scène à travers la fente du meuble. Cela dura éternellement. Elle entendit les mots orduriers, elle vit la souffrance sur le visage de la femme, le sang couler, elle les vit se relayer. Et quand ils furent repus, ils partirent, laissant la femme agoniser.

Un gémissement de douleur fit sursauter les enfants. Un gémissement suivi de pleurs.

Catherine vit les yeux de la femme, à travers la porte, se poser sur elle. Des bruits de chevaux, au loin, se faisaient entendre. Ils venaient par ici. D'autres arrivaient. En cet instant, elle sut ce qu'elle devait faire. La petite fille de dix ans poussa fortement contre la porte, aidée par ses deux amis sortis de leur torpeur. Après plusieurs essais infructueux, la porte céda. Catherine se dirigea vers l'établi, prit le hachoir, vint vers la femme, l'embrassa sur le front et positionna sa tête comme elle devait l'être. Puis elle monta sur la table, se tint debout au-dessus de la femme, regarda ses amis qui, comprenant ce qui allait suivre, vinrent eux aussi faire leurs adieux à cette femme nourricière, rejetée parce que veuve, parce que sachant lire, parce que connaissant les plantes. Ils promirent silencieusement de la venger. Hexerine et Boniface se reculèrent. Catherine regarda la femme droit dans les yeux. La petite fille inspira, ferma les yeux, remplaça le visage de la femme aimée par celui d'un homme et trancha la gorge. Le sang jaillit, éclaboussa les enfants, libérant la femme. Les bruits se rapprochaient. Boniface prit alors un tison encore fumant et les trois enfants mirent le feu à la cabane. Il ne resta plus rien de cette femme si méprisée et si nécessaire. Seuls son souvenir et son savoir perduraient dans l'esprit des trois enfants devenus adultes. Quatre ans plus tard, ils seraient menés au bûcher pour avoir tenté d'obtenir réparation du crime commis par un vassal du seigneur. Menés au bûcher par celui-là même qui était agenouillé devant eux.

– Pardon, répéta-t-il.

– Pardon pour avoir exécuté trois adolescents venus réclamer justice ? Pardon pour avoir laissé un criminel en liberté et lui avoir donné l'absolution afin qu'il puisse continuer ? Pardon pour quoi en fait ? murmura une Madame Catherine agressive à l'oreille du moine.

Lorsqu'il leva les yeux, il vit trois enfants le fixer avec haine.

– Je ne savais pas, sanglota-t-il.

– Tu ne savais pas ! cria la petite Hexerine. Mais nous, on a dit aux grandes personnes ! On a dit ! Et tu ne nous as pas crus !

– Non, je ne vous ai pas crus, reconnut le moine pleurant. J'étais tellement aveuglé.

– Au point de ne pas nous écouter ?

L'enfant était devenue une adolescente.

– Au point de m'envoyer au bûcher pour fornication. Au point de noyer Hexerine pour sorcellerie et d'empaler Boniface pour déviance ?

– Je ne savais pas.

Sa voix n'était qu'un murmure.

– Nous vous avons apporté les preuves. Vous aviez nos témoignages. Mais vous avez cru ceux qui mentaient.

– Je croyais…

– Vous nous avez tués au nom de Dieu. Quel est le Dieu qui demande la mort d'enfants ? D'innocents ?

– Je croyais… Cette femme était une sorcière ! gémit-il.

– Une sorcière ? Pourquoi ? Parce qu'elle connaissait des remèdes inconnus de vous ? Vous n'êtes qu'une bande d'ignares ! Elle était allée en Arabie, dans les pays du soleil levant. Là-bas, elle avait appris. Ici, elle a soigné.

– Pardon.

– Pourquoi voulez-vous notre pardon ?

– Tu parles, c'est pour quitter les Enfers ! Eh ben, tu vas y rester ! cracha Hexerine.

– Non, non, ce n'est pas pour quitter les Enfers ! J'y ai ma place. Je paierai le prix. Je voulais votre pardon. C'est tout.

Les trois amis se regardèrent.

– Tu peux crever !

– Tss, tss, fit une voix derrière eux.

Un archange aux ailes immaculées se présenta à eux.

– Ce n'est pas ce qu'Eulalie vous a enseigné.

– Qu'est-ce que ça peut vous foutre !

La colère d'Hexerine était plus que palpable.

– Vous étiez où quand elle a eu besoin d'aide, hein ? Où il était votre Dieu tout-puissant ?

– Dieu n'est pas responsable des actes des hommes, répondit-il doucement.

– Bien sûr, il ne fait que les absoudre ! Et l'autre connard qui a brûlé la Catoche hier au nom de Dieu ! C'était bien un pote à vous, non ?

– Il y a toujours des brebis égarées dans un troupeau.

– Ouais, c'est pour cela qu'il y a un chien pour aller les récupérer !

Soudain, le paysage changea. Les adolescents devenus adultes se trouvèrent dans une plaine lumineuse, mais vide de tout. Au loin, une silhouette avançait. Elle devint de plus en plus grande. Toujours plus grande.

– Eulalie ! s'étrangla Hexerine.

Boniface et elle se précipitèrent dans ses bras où ils redevinrent enfants.

– Mes tout-petits.

Madame Catherine resta en arrière. Relâchant, les deux enfants, Eulalie lui fit signe d'avancer.

– Viens ma chérie. Viens.

Réticente, Madame Catherine finit par céder et retrouva ses dix ans. Pas seulement. Les larmes retenues pendant toutes ces années affluèrent, inondant les joues. Le fleuve de larmes se transforma en torrent, puis en déluge. Eulalie la maintint contre elle lui communiquant tout son amour. Parce qu'elle les avait aimés ces trois chenapans. Elle les avait instruits aussi.

– Je suis fière de vous, finit-elle par leur dire alors qu'ils lui faisaient face. Très fière. Vous êtes les adultes que je rêvais de voir grandir.

Elle les étreignit une dernière fois, puis doucement son image s'évapora. Ils restèrent un moment pantelants.

– Pourquoi ? demanda Madame Catherine.

L'archange Gabriel lui sourit.

– Tu le sais très bien.

Madame Catherine fronça les sourcils.

– C'était elle.

L'archange inclina la tête en signe d'assentiment.

– C'était elle quoi ? questionna Hexerine.

– C'est Eulalie qui nous a envoyés aux Enfers.

– N'importe quoi !

– Non, c'est vrai. Ça me tarabustait aussi, intervint Boniface. Je viens de comprendre.

– Dieu reconnaît les siens, nous n'avions aucune raison d'aller aux Enfers, compléta Madame Catherine.

– Mais c'est...

Hexerine se stoppa. Elle venait de comprendre.

– Je vois. On fait quoi maintenant ?

– Une réunion vous attend.

L'Enfer s'ouvrit sous leurs pieds. Le moine était toujours là. Madame Catherine s'approcha.

– Je vous pardonne, lui chuchota-t-elle.

Il leva ses yeux remplis de larmes sur elle.

– Moi aussi, ajouta Boniface.

Ils regardèrent Hexerine.

– Ouais, bon d'accord, mais faut quand même pas déconner non plus !

L'ancien inquisiteur se sentit pousser des ailes.

– Mais...

– Il est temps de me suivre à présent.

– Eh ! cria Hexerine. Il s'en tire à bon compte !

– Vous ignorez le bien que vous venez de faire, répondit un archange Gabriel énigmatique.

– Ouais, ben, gardez bien en mémoire qu'on vous a rendu service !

Un battement d'ailes servit de réponse.

– Mes amis, si nous y allions ?

†

Le Diable était venu les chercher. Le Diable. Un très bel homme. Beau comme un dieu. Mais vraiment. Haute stature, pectoraux bien dessinés, une fine moustache accompagnée d'une barbichette encadraient des lèvres minces. Lesquelles masquaient un sourire ravageur et éclatant. Le visage carré du Diable était surmonté d'une épaisse chevelure noire agrémentée de deux cornes. Seule ombre au tableau — si on omet les deux pattes de bouc — le Diable était de peau rouge. Très rouge. Grenat, selon Madame Catherine. Écrevisse, selon Hexerine. Sang, selon Boniface, mais comme il était la Mort, son avis ne comptait pas. Madame Catherine sourit à son ancien amant. Oui. Elle avait été l'amoureuse du Diable. Enfin, avait été... elle était l'amoureuse du Diable. Point. Et c'était réciproque. Un amour interdit. Enfin aux Enfers, la seule interdiction était d'être innocent. C'était au Diable que l'on devait la création du Purgatoire « Ras les cornes de recevoir des innocents aux mains pleines sous prétexte que les auréoles ne savent pas gérer leurs troupes ». Du coup, l'Enfer et le Paradis avaient négocié un entre-deux : le choix des âmes. Et une vérification des dossiers avant envoi. La cloudisation des dossiers étant devenue une plaie. Et pas d'Égypte.

– Hexerine ! Madame Catherine ! Je suis trop content de vous voir !

– Lucullus ! Vieille branche ! Quoi de neuf ?

– Goûtez-moi ça.

Lucullus leur tendit à l'une un bol, à l'autre un bock.

– Des charbons ardents ! s'exclama une Hexerine trop heureuse.

– Attention, ça noircit les dents, s'amusa Madame Catherine.

– Et toi, attention au poids !

– Rho ! C'est que de la lave !

– Mais oui, mais oui. De la lave du volcan.

– Évidemment !

– De la lave du cœur du volcan, là où c'est le plus gras !

– Pff, sourit son amie dégustant son breuvage.

– Alors ? questionna Lucullus impatient.

– Succulent !

– Pareil. Bordel ! Tu as mis quoi dedans ?

– Une noisette ! Un charbon ardent aux noisettes !

– Mon gars, tu es un dieu.

– Hum, toussa le Diable.

Hexerine lui sourit de ses dents noircies.

– Et Madame Catherine ?

– La framboise se marie très bien avec la lave. Vraiment, c'est délicieux.

Lucullus rougissait de plaisir.

– J'ai aussi pamplemousse et mûre. Je vous ferai goûter.

Ils arrivèrent enfin à la salle de réunion où une table monumentale trônait au milieu de la pièce derrière laquelle un écran géant fit son apparition.

– Laissez-moi vous présenter. Hexerine, Madame Catherine et la Mort. L'archange Saint-Michel, Saint-Georges et le père Lipopette.

Hexerine faillit s'étouffer avec son charbon.

– Et après, on dit que c'est moi qui fais des jeux de mots pourris, chuchota-t-elle.

– Bien, si j'ai votre attention, on va pouvoir commencer.

Le père Lipopette n'était pas un commode. Mais pas du tout.

– Il y a urgence.

La photo projetée d'un homme en short et en tongs fit sursauter tout le monde.

– Oh, pardon, ça, c'est moi dans le jardin des Hespérides. Voilà, là, c'est bon.

– Oh, un chevalier, ironisa Hexerine, incroyable.

– Taisez-vous jeune impudente ! Vous parlez du sieur O'Déclin.

L'intervenant avait pris un ton guttural. Voyant que cela n'avait aucun effet sur son auditoire, il reprit.

– O'Déclin, vainqueur des Croisades. Chevalier sans peur, mais avec reproches. Surtout de sa femme qui ne le voit pas souvent.

– C'est moche. Ouch.

Hexerine venait de recevoir un coup de coude de son amie.

– O'Déclin est issu d'une longue lignée...

– Ils sont tous issus d'une longue lignée de héros, le coupa Madame Catherine. Les contes et les légendes en sont pleins. Donc, venons-en au fait.

– Le fait est qu'il part en croisade.

– C'est sûr que pour un chevalier croisé, c'est rare...

– Il part en croisade contre un dragon ! annonça le père Lipopette d'une voix forte, remplie de peur.

– Un dragon, bien sûr, répliqua Hexerine. Et je présume qu'il faut qu'il le tue sinon on va tous mourir.

– Oui ! Non ! se reprit le père. Ce n'est pas le dragon le problème.

– Allons bon.

– C'est ce que cache le dragon !

– Si vous permettez, intervint l'archange, je vais prendre le relais.

†

– Après la Déposition, les instruments de la Passion ont été récupérés, puis protégés. Un groupe de fidèles est devenu leur protecteur. Au fil des ans, ils se sont répandus dans le monde pour divulguer la Parole et pour mettre à l'abri des regards ces objets tant convoités. Récemment, le dernier des protecteurs n'a plus donné signe de vie. Nous avons donc envoyé un messager, sans succès. Il avait bien trouvé la grotte de l'ermite-protecteur, mais pas l'ermite. C'est en fouillant un peu partout qu'il a découvert les traces du passage d'un dragon.

– Du genre ?

– Du genre : odeur, déjections, ossements, traces de feu.

– Ouais, ça pourrait être n'importe quel campement de croisés !

– Je ? !

– Parfaitement. De croisés ou de décroisés. Ça pullule de plus en plus dans le coin avec vos croisades et décroisades, vos paix de Dieu et trêve de Dieu. C'est gentil de les envoyer au combat, mais quand ils reviennent, ils sont désœuvrés. Et c'est le peuple qui trinque. Leurs cris ne vont pas jusqu'au Ciel ? se moqua Hexerine.

– Si le dragon est passé dans la grotte et que l'ermite a disparu, où sont les instruments et pourquoi O'Déclin est-il un problème ? questionna Madame Catherine, intriguée.

– O'Déclin veut tuer le dragon...

– Ce qui devrait vous arranger, le coupa-t-elle.

– Non, justement. Le dragon a les instruments.

– Qu'est-ce qui vous permet de l'affirmer ?

– Il n'y a pas d'autre explication : la grotte était vide.

– L'ermite est parti avec !

– Oui, mais non.

– Super, soupira Hexerine.

– Les gens de la région avaient appris son existence. Vous savez à quel point les populations ont la Foi. Lors d'une période de mauvaises récoltes, ils sont venus prier devant sa grotte pour leur Salut et voilà.

– Voilà quoi ?

– Ils ont vu en lui un Elu : ils étaient venus, ils avaient prié, les récoltes ont été meilleures l'année suivante, il est devenu un saint homme auquel on apportait des offrandes. La grotte aurait dû être remplie de leurs oboles.

– Oui. Mais elle était vide, dit d'une voix pensive Madame Catherine.

– Parce que le dragon avait tout emporté, enchaîna l'archange.

– Conneries ! N'importe quel connard peut débouler et piller !

– Impossible, intervint Saint-Georges, personne ne pouvait la vider à moins d'y passer une vie.

– Y'avait tant de bordel que ça ?

– Plus que vous n'imaginez. L'ermite était très apprécié. On lui donnait tout : des meubles, des objets précieux, des pas précieux.

– À ce niveau-là, c'est plus un ermite, c'est un brocanteur. Vous auriez pu être potes ! s'amusa Hexerine en regardant son amie.

Celle-ci lui rendit son sourire.

– On revient jamais de voyage sans une merdasse ! ajouta-t-elle à l'auditoire qui ne comprenait pas.

– Un souvenir ! se défendit Mme Catherine.

– Une couleuvrine, un souvenir ?

– Oh ! Mais tu avoueras qu'elle était trop belle !

– Et qu'on a utilisé Charon pour la transporter. Donc le dragon a bien tout emporté, conclut Hexerine pensive. Je me demande bien pour quoi faire. Ce sont des merdasses d'humains. Et c'est quoi le souci avec O'Déclin ? Il est croisé. Il tue la bête et vous ramène les fruits de la Passion. Je ne vois pas le problème.

– Le problème est que O'Déclin est un croisé free-lance, expliqua le Diable. Ce que nos amis craignent est que s'il les trouve, il les revende.

– Sans déconner ! Non, mais des fois, faut redescendre de vos auréoles ! Vous croyez vraiment que votre gars va s'intéresser à des machins rouillés quand une montagne de richesses lui tend les bras ?

– Hexerine a raison, continua Madame Catherine, les croisés ne prennent que les femmes et l'or.

– Exact ! Il ne va pas s'emmerder avec des clous rouillés !

L'archange eut un haut-le-cœur.

– Si vous nous racontiez le reste, le fixa le Diable.

Une photo apparut.

– O'Quenelle. Chevalier croisé du Saint Sépulcre. Recherche les clous pour Boniface VIII, notre Saint Pape.

Autre photo.

- O'Mydarling. Chevalier à la rose. Envoyé d'Édouard, roi d'Angleterre.

Nouvelle photo.

– O'Solemio. Condottiere au service des Lombards Franzesi.[2] Et là, c'est O'Percule, envoyé du roi de France, Philippe IV le Bel.

– Que d'histoires d'O', ironisa Hexerine.

– Pire. Si O'Déclin tue le dragon et trouve son trésor, c'est la guerre assurée.

– Une guerre ?

– Premier arrivé, premier servi. Si c'est O'Quenelle, Boniface exulte, la Foi s'impose et c'est reparti pour des Croisades à n'en plus finir.

– Ça devrait vous arranger ! La diffusion de la Foi par le sang !

– Justement non ! s'insurgea l'archange. Cela ternit l'image.

– Il est temps de vous en rendre compte.

– Si c'est O'Mydarling, Édouard s'impose, reprit imperturbable le père Lipopette. Il supprime sa vassalité vis-à-vis du roi de France et hop une guerre. Si c'est O'Solemio, Philippe est pris à la gorge par ses créanciers

---

[2] Financiers de Philippe IV le Bel

qui vont l'inciter à de nouvelles conquêtes et si c'est O'Percule, c'est le déshonneur français.

– Pourquoi ?

– Parce que c'est une quiche. Il ne sait pas reconnaître des chausses d'un cheval.

– Ah, ben là, en fait, tout le monde se fiche des clous, en déduisit Hexerine.

– Heureusement. Mais tous peuvent tomber dessus.

– Mais, enfin, personne ne peut les reconnaître !

Le père regarda ses tongs.

– Ben en fait, parmi les protecteurs, on a eu un menuisier et pour ne pas se tromper, il a gravé dessus ce que c'était.

Hexerine interrompit son geste qui consistait à avaler un charbon ardent.

– Il a pas fait ça ?

– Si.

– Oui, mais ça ne veut pas dire que les O' vont comprendre, tenta Madame Catherine pour se rassurer.

– Ben, il a ajouté tout le récit avec le nom des protecteurs. Pour qu'on se rappelle.

– Ah, ben là, pour se rappeler, on va se rappeler.

– Et que vient-on faire dans l'histoire en fait ? questionna Madame Catherine. Parce que jusqu'à présent, c'est un problème interne. Vous pouvez envoyer un Envoyé, il récupère les clous et basta.

– Ce n'est pas aussi simple, toussa l'archange.

– Ce qui n'est pas simple, intervint le Diable, est qu'il faut trouver les clous avant la montée des O ». Nous avons tous un problème avec les clous : les auréoles veulent les protéger du marché ; moi, je veux éviter l'arrivée en masse de morts parce qu'au-dessus l'intendance, ça ne suit pas. La Mort va être surchargée et pourrait se louper ou laisser vivre des gens qui devraient mourir au détriment des vivants. Ce n'est pas acceptable. C'est pour cela que vous êtes là. Le dragon a dû sentir qu'on cherchait après lui. Les informations tombent de partout comme quoi des villages sont brûlés.

– Il n'y a pas que les dragons qui brûlent.

– Non, mais peu ont cette allure.

Le père Lipopette leur montra une enluminure.

– C'est le seul cliché que l'on a. C'est une victime qui nous l'a apportée la semaine dernière.

On voyait une gigantesque gueule ouverte.

– Il a de sacrés chicots, constata Hexerine.

– Vous pouvez faire un agrandissement ? demanda Madame Catherine.

Les deux femmes s'approchèrent et examinèrent les crocs.

– Tu vois ce que je vois ?

– Ouais.

– Boni, les gens brûlés, c'est toi qui t'en occupes ?

– Non, ils vont dans les limbes.

– Et ça va durer longtemps, compléta le Diable. Tous ceux que le dragon tue ne sont pas pré-listés. Donc ce sont les limbes.

– Je vois.

– Je n'aime pas les limbes, marmonna Hexerine. C'est triste.

– Très bien, qu'attendez-vous de nous ?

– Trouvez le dragon et les clous. Nous vous enverrons quelqu'un quand cela sera fait pour trouver un autre protecteur.

– Et pourquoi vous le faites pas vous-mêmes ? s'étonna Hexerine. Personne ne vous voit !

– Mais, enfin, on ne peut ! C'est un dragon !

– Ben, vous ne risquez pas grand-chose, vous êtes morts.

– Ce n'est pas ça…

– Ce que notre ami à l'auréole dorée tente de te dire est que l'Église ne peut se mêler de légende. Un dragon est une légende. Et les légendes, ça ne fait pas sérieux, expliqua le Diable.

– Ouais, enfin, la légende, là, apparemment, elle crame des gens.

– La Foi n'est pas mythologie !

– Ben, tiens, Saint-Georges, il tue le dragon pour sauver une princesse, mais pas pour sauver des péquenots.

†

– Ah, vous êtes là ! s'exclama Margaux voyant les deux femmes entrer dans la cuisine. Le petit-déjeuner est prêt.

– Il attendra un peu pour nous.

– Hors de question ! s'interposa Margaux. Ici, c'est mon domaine, on mange quand je dis qu'on doit manger !

Prenant conscience de ce qu'elle venait de dire, Margaux recula de deux pas, penaude.

– Tu as raison, pardon. Nous allons petit-déjeuner, ensuite, on se préparera.

– Vous préparer à quoi, questionna Sapho, entrant dans la pièce.

– Hexerine et moi, devons nous absenter.

– Pour faire quoi ?

La question vint de Dadou. Les deux amies se concertèrent du regard.

– Nous vous raconterons après.

Margaux avait préparé un succulent repas : toasts, muesli, tartines beurrées pour Hexerine, fruits et yaourts maison.

– Margaux, tu es une fée !

– Bon, on vous écoute, annonça Esméralda, finissant son bol.

– Une croisade est en cours, commença Madame Catherine. Des seigneurs cherchent après un dragon.

– Il faut qu'on le trouve avant eux, compléta Hexerine.

– Et pourquoi ? interrogea Suzy, fort soupçonneuse.

– Venez.

Madame Catherine entraîna ses filles à sa suite tandis que son amie sifflait Haldebarde, ronflant toujours devant le porche.

– Va te chercher à manger et rejoins-nous dans la bibliothèque.

Les filles entrèrent et attendirent silencieusement que leur patronne ait trouvé ce qu'elle cherchait. En équilibre instable, elles la virent passer d'une rangée à une autre cueillant de-ci de-là des parchemins. Restée près de la cheminée, Hexerine, seule, aperçut les deux diablotins venus porter les cartes nécessaires aux deux femmes.

– Alors voilà. Nous avons un dragon qui sème la terreur dans la région. Plusieurs villages ont été brûlés… merde, je n'ai pas de carte.

– Elles sont là ! cria Hexerine, lançant un clin d'œil de son amie lui fit comprendre d'où venaient les documents.

Haldebarde entra à ce moment précis et jeta un rapide regard aux cartes.

– La seigneurie d'O'Monbeausapin.

– De qui ?

– O'Monbeausapin. Un seigneur venu des Landes qui n'existent pas encore.

– Oh. Et c'est bien ? questionna Dadou.

– Jamais vraiment rencontré, mais on raconte beaucoup de choses sur lui.

– Du genre ? s'intéressa Hexerine.

– Du genre qu'il est l'apprenti de Vulcain.

– Mais bien sûr, soupira Sapho. Vulcain. Normal.

– C'est ce qu'on raconte.

– Jusqu'où s'étend sa seigneurie ?

Posant sa tartine, Haldebarde indiqua la totalité de la carte.

– OK. Donc les villages brûlés sont là, là, là et là.

Madame Catherine venait d'entourer en rouge les villages attaqués par le dragon. Tout le monde se pencha et attendit le verdict.

– Périmètre restreint, commenta Hexerine. Pas de forme géométrique particulière donc pas d'attaque ésotérique.

– Non, mais proche de la montagne.

– En pleine forêt surtout. Regardez, continua Haldebarde, la montagne est à peine à une journée de marche.

– Je ne vois pas le rapport avec le dragon, se résigna Adalinde.

– Les villages sont en pleine forêt, on coupe du bois pour forger, comprit Madame Catherine.

– On a défriché ici aussi et aucun dragon n'est venu nous souffler dans les trous de nez ! contra son amie.

– Nous n'habitons pas à proximité de son habitat, fit remarquer Madame Catherine. Tu sais mieux que quiconque ce que la déforestation implique dans le changement climatique et la biodiversité.

– Ça ne justifie pas de cramer des villages !

– Tu as vu ses dents ? Il ne mange pas de légumes.

Hexerine devint pensive.

– Ses proies sont aussi celles des hommes, et comme les hommes arrivent, elles fuient. Du coup, il a faim. Depuis combien de temps, on a des dragons ?

– A priori, d'après ce parchemin, ça remonte au Déluge.

– Ça fait longtemps donc. Son alimentation a changé aussi au fil des millénaires.

– Qu'est-ce qui te tracasse ? demanda Madame Catherine à son amie.

– Le fait qu'il s'en prenne aux hommes. Je veux dire, d'accord, on bousille son chez lui, mais depuis des millénaires, il a eu le temps de nous voir venir. En plus, depuis le temps qu'on est là, on n'a jamais entendu parler de lui. Et là, pfouf, il sort et crame. Haldebarde, tu as déjà vu des dragons ?

– Jamais. Je pensais que c'était une légende.

– C'en est, sans doute, une, intervint Gudrun. On a des dragons au Nord, par-delà les terres et les mers, mais je n'en ai vu aucun.

– On a ça.

Les filles furent horrifiées par le dessin.

– On va tous mourir ! se lamenta Yselda.

– Mais non. Pas maintenant en tout cas.

– Mais vous venez faire quoi dans l'histoire ?

– Ma Sapho, on aimerait bien le savoir ! Nan, je déconne. Les croisés qui arrivent ne doivent pas le trouver.

– Ben, vous êtes des comiques, s'amusa Margaux, comment ils vont le tuer s'ils le trouvent pas ?

– Faut pas qu'ils le tuent.

– Alors, là, je ne comprends rien.

– Les croisés en question sont mandatés par des souverains. Anglais, français, italien. Le premier qui le trouve et le tue, c'est la guerre assurée.

– Mais...

– Écoutez, un dragon, c'est une légende. Celui qui le tue entre dans la légende. Il devient un héros et son maître avec lui.

– Qui peut s'imposer aux autres et revendiquer des terres, termina Dadou. Dans mon village, c'était pareil. Mais avec des éléphants. Le vainqueur récupérait les villages des autres chefs qui se soumettaient. Les villages et les femmes.

Son visage se rembrunit.

– Nous sommes en danger ?

– Pas directement, mais ce que dit Dadou est juste, expliqua Haldebarde. O'Monbeausapin ne laissera pas une troupe passer sur ses terres sans un bénéfice. Il ira au plus offrant. Les autres seront obligés de passer par les terres de O'Mygott et de O'Fildeleau. Un détour, mais pas de taxes.

– Laisse-moi deviner, le coupa Hexerine, le premier est un vassal du rosbif et le second un vassal du français.

– Pire. Un vassal du frère du roi pour O'Fideleau.

– Qui aimerait être roi à la place de son frère, supposa Hexerine.

Il acquiesça.

– Je ne vois pas pourquoi vous vous faites du mouron. J'ai lu, en épluchant mes navets, que le roi veut marier sa fille au fils du roi d'Angleterre. La guerre n'est pas possible.

– En théorie, Margaux, en théorie. Le roi d'outre-Manche est le vassal de notre roi.

– Et en tant que vassal, il lui doit allégeance. Sauf que s'il tue le dragon en premier, Philippe peut aller se recoucher ! conclut Hexerine.

– Et donc, vous deux, vous allez tuer le dragon ?

– Dis donc, c'est moi ou ta donzelle doute de nos talents ?

– Esmeralda a raison. On doit intervenir, mais pas pour tuer.

– Et pour quoi ?

– Pour trouver pourquoi le dragon s'en prend aux hommes. C'est un non-sens.

– Il s'ennuie peut-être ? suggéra Adalinde. Les hommes font n'importe quoi quand ils s'ennuient, les dragons sont peut-être semblables.

– Pourquoi pas, mais j'en doute. Les animaux ne s'en prennent aux hommes que lorsque ceux-ci ont agi contre eux, quand ils sont blessés.

– Bon, il ne sert rien de causer dans le vide. La Catoche et moi, on doit aller chercher des trucs dans ma cabane.

– Exact.

– Et nous, on fait quoi ?

La maquerelle réfléchit un instant.

– Margaux, il nous faut un panier-repas et le nécessaire pour la route. Sapho, il me faut tout l'équipement de soin pour brûlures, coupures. Dadou et Gudrun, vous savez coudre, il nous faut des vêtements chauds et pratiques.

– Du genre ?

– Du genre chausses, compléta Hexerine. On va grimper et marcher longtemps. Les robes, c'est bien, mais pas pratique.

– Et où va-t-on trouver le tissu ?

– J'ai cinq malles pleines dans la cave.

– La cave ? La pièce vivante ? s'inquiéta Adalinde.

– Vivante ?

– Adalinde est persuadée que la baraque est vivante, expliqua sa jumelle.

– Autrement dit, elle ne descendra pas.

– De toute façon, seuls Haldebarde et Gudrun peuvent les porter, alors. Elles sont à gauche dans le fond sous la guillotine. Esmeralda, Suzy et les jumelles, il faut me répertorier les soins prévus cette semaine et organiser la gestion de l'apothicairerie. Haldebarde...

– Je reste devant la porte, le bordel est fermé.

Elle lui sourit.

– Allez, ma vieille, on doit partir. Faut passer chez la princesse pour la prévenir de la bande de dégénérés qui va arriver, l'entraîna Hexerine.

†

– Vous êtes sûres qu'ils vont s'arrêter ici ?

– Certaines. Ne serait-ce que pour nourrir et abreuver les chevaux.

– Je peux loger les seigneurs, quant à la troupe, elle devra camper devant le château. J'espère que nous avons assez en réserve.

– Si vous permettez, princesse, intervint Madelon qui servait le thé, le vin est à profusion, la bière aussi. Quant au reste, je vais dresser une rapide liste et aller chez le père Drix. Il tient un commerce de tout et de rien et s'approvisionne dans les environs. Avec lui, je suis sûre d'avoir assez.

– Pour l'intendance ?

– Je vais faire comme d'habitude : la taverne me fournira les apéros et moi, le gros du plat. Il ne s'agit que d'un repas. Le matin, un bon vieux porridge et hop en selle !

– Ah, oui, du porridge, grimaça Hexerine.

Madame Catherine éclata de rire.

– Margaux doit être en train d'en préparer, expliqua-t-elle à ses interlocutrices. Hexerine n'en raffole pas. Ça tient pourtant au ventre et c'est pratique à préparer.

– Ouais, mais c'est fadasse.

– Parce qu'elle le fait dans du lait.

– Pas toi ?

– Nan, dans de la bière !

– Forcément. Là, je suis déjà plus enthousiaste.

– À combien estimez-vous le nombre de mes hôtes ?

– Ils n'auront pas plus de six hommes avec eux. Six chacun, précisa Hexerine. Même si, à mon avis, notre ami de l'autre côté des Alpes a dû venir seul.

– On dit donc une trentaine ?

– Tout au plus. Il se peut qu'ils arrivent séparément, pensa soudain Madame Catherine.

– C'est vrai ça ! s'exclama son amie. Ils sont concurrents. O'Percule sera peut-être avec O'Solemio, ils bossent pour le même, mais pas pour les mêmes raisons. Bon, on va à ma cabane, mais avant on va aux douves.

– C'est obligé ? renâcla Madame Catherine.

– La Catoche n'aime pas les inspections des douves. Moi, c'est le porridge, et elle, les douves.

†

Les deux femmes laissèrent Madelon et la princesse organiser les préparatifs pour se diriger vers les douves.

– Tu es sûre ?

– Catoche !

– Pff.

Hexerine exécuta quelques pas de danse puis attendit. Un bouillonnement se fit entendre d'où jaillit, la gueule pleine, un poisson-ogre.

– Chalut, les filles !

– Chalut Éros, l'imita Hexerine.

– Cha va ?

– Cha va. On aurait besoin de ton aide.

Leur interlocuteur cracha la jambe qu'il mâchouillait et ouvrit ses écoutilles.

– On a un problème avec un dragon.

– Alors, là, vous m'étonnez, dit le poisson-ogre une fois le récit terminé. Les dragons et moi, on est arrivés dans le coin en même temps, avant le Déluge. Moi, j'ai pris les abysses et eux les cimes, par là-bas, un peu plus loin. Jamais je n'ai entendu qu'un dragon attaquait des hommes.

– Jamais ?

– Jamais.

– On n'entend peut-être pas bien au fond des abysses ? suggéra Madame Catherine.

– Oh que si ! Même trop bien. Aucune vibration au sujet d'un dragon violent. Des récits sur des hommes tuant des dragons, mais rien d'autre.

– Pourtant…

– Vous savez, Madame Catherine, les dragons sont des gentils. Ils mangent beaucoup, comme moi en fait, comme tous ceux de notre génération, mais sainement.

Madame Catherine eut une moue dubitative qui fit sourire le poisson-ogre.

– J'habite les abysses, je mange ce que je peux. Et d'ailleurs, merci ! Ça faisait longtemps qu'on n'avait pas eu de la viande fraîche. Ma femme en a mis au congélateur.

– Au quoi ?

– En bas, il fait noir et très froid. La viande se conserve bien. On va en avoir pour un moment.

– Quand on peut rendre service.

– Monsieur Éros, commença Madame Catherine, avez-vous déjà attaqué des hommes ?

– Non, pourquoi voulez-vous que je le fasse ? Ils ne savent pas que je suis là et quand bien même, c'est assez profond pour que je me cache et qu'ils ne me trouvent pas. D'ailleurs, un jour, si vous voulez, je vous ferai visiter.

Hexerine tiqua et esquissa un sourire en regardant son amie, tandis qu'Éros souriait de toutes ses dents.

– Tu feras gaffe, tu as des tendons coincés entre les incisives.

– Ah, merci.

– Monsieur Éros, reprit Madame Catherine poursuivant son idée, pourquoi, à votre avis, un dragon attaquerait-il des villages ?

– Pas possible.

– On t'assure que si. Envoie des morceaux que je te montre.

Une flopée de têtes vola que Hexerine plaça au sol.

– Ouah ! Tu feras attention, celui-là a un œil de verre.

– Cool, les enfants pourront jouer aux billes !

Madame Catherine toussota.

– Bon, tu vois, moi, je fais la montagne où y'a le dragon. Les têtes, ce sont les villages. Ben voilà.

– Voilà quoi ?

– Les villages brûlés.

Éros s'appuya sur ses nageoires avant.

– C'est bizarre.

– Ah, vous trouvez aussi !

– Oui, il n'a brûlé que ceux-là ?

– Oui.

– C'est bizarre. Y'en a autour ?

– De quoi ?

– Des villages.

– Oui.

– Vas-y montre.

Une flopée de on-sait-pas-quoi vola jusqu'à Hexerine.

– Ben... Il ne les a pas brûlés ?

– Non.

– Alors, il n'en a pas après les hommes.

– Tu es un comique.

– Non, insista Éros, s'il en avait après les hommes, il aurait tout brûlé.

– Ben, je sèche, capitula l'amie d'Hexerine.

Les deux femmes s'assirent sur un crâne.

– Parlez-nous des dragons.

– Une masse de muscle, un gros cerveau bien rempli, des lettrés, de bons artisans. Ils aiment les cimes, les grottes profondes. Ils vivent en tribu. Une carapace en acier, des dents en acier.

– Attendez. Vous avez dit qu'ils vivent en tribu ?

– Absolument.

– Mais ils ont parlé d'un seul dragon.

– Y'en a toujours un dehors, le gardien. Les autres sont dans les grottes.

– Et si la race était en voie d'extinction ?

– Hexerine, j'ai une famille et le reste de ma fratrie est dans d'autres douves.

– Attendez, attendez.

Madame Catherine se leva.

– S'ils sont plusieurs, qu'on en a vu qu'un, qui doit être le gardien, ça veut dire... ça veut dire... ça veut dire... Ah merde. Je croyais que je l'avais.

Elle se rassit.

– Il doit bien y avoir une raison qui le pousse à agir de façon si désordonnée.

– Pas désordonnée, la reprit Eros. Les villages sont autour du château. Proches.

Les deux femmes regardèrent plus attentivement les crânes.

– Tiens, c'est vrai, ça. Pourquoi si proches ?

– Nom de Dieu ! jura Hexerine. Ils lui ont piqué un truc et il le cherche !!!

– Que veux-tu voler à un dragon ?

– De l'or !!!

– Nan, rétorqua Eros. Ce sont des fondeurs. Ils aiment le métal pour le travailler, pas pour sa valeur.

– Pff ! Bon, ils lui ont volé un truc précieux, mais quoi.

– Y'a pas plus précieux qu'une famille, soupira Madame Catherine.

– Mais oui !!! Ils ont un dragonneau !!

– Pas vivant, intervint Eros

– Pourquoi pas vivant ?

– Les dragonneaux crachent le feu dès leur jeune âge.

– Bon, ben un dragonneau mort.

– Aucun intérêt... sauf si c'est un œuf ! s'exclama Madame Catherine

– Et si tu l'offres à un suzerain ! compléta Hexerine.

– Ou si tu le montres !

– Comprends pas.

– Hex ! Tu montres que TOI, tu as un œuf de dragon. Pas ton suzerain. Et si tu as réussi à voler un œuf à un dragon...

– Tu es le plus fort ! clama Hexerine qui venait de comprendre.

– Qui vole un œuf vole une meuf ! s'enthousiasma Eros.

– Éros ?

– La seigneurie qui crame, c'est celle d'O'Mygott, c'est ça ?

– Non, O'Monbeausapin. O'Mygott, c'est plus loin.

– La seigneurie à côté, non pas là, vers les boyaux de Madame Catherine, eh ben, elle appartient à un seigneur — je me rappelle plus le nom — qui a une fille non mariée. Qui refuse de se marier, soi-disant qu'elle attend le prince charmant.

Hexerine leva les yeux au ciel.

– Et si O'Monbeausapin se présente avec son œuf…

– Il peut tout aussi bien déclarer la guerre, commenta désabusée Hexerine.

– Déclarer la guerre à un vassal du roi ? s'étonna le poisson-ogre.

– Du roi ? Un autre ? Parce qu'on a déjà O'Fildeleau comme vassal.

– Ouais, un autre vassal, un cousin bourguignon par la branche franc-comtoise. Me rappelle plus son nom.

– Ben dis, donc tu en sais des trucs au fond de ton trou !

– Ma femme.

– Tu l'embrasseras pour nous. Maintenant qu'on sait ce qu'on doit faire…

– À savoir ?

– Trouver l'œuf et le rendre à ses propriétaires. Enfin, pardon, ses parents.

Alors qu'elles s'éloignaient vers la cabane d'Hexerine, il leur cria :

– Le seigneur, c'est Faber Gé ! Je me rappelle : Faber Gé ! hurla Eros.

– Ben, ça nous change des O'.

†

Tandis que Hexerine et son amie choisissaient les pilules, les onguents et autres plantes nécessaires à leur périple, Sapho revenait de chez Riolet. Il était le vendeur de saveurs, de principes actifs de Zattise Zeqwestchen. En préparant les onguents pour Madame Catherine, Sapho s'était aperçue qu'il lui manquait des essences. Connaissant les deux amies, elle s'était dit qu'elle avait le temps de faire cette course avant leur retour. Passant devant le quartier des Tanneurs, elle fut violemment bousculée par une fillette fuyant le Diable. Bien sûr, si elle l'avait connu, elle aurait changé d'avis et découvert qu'il existait bien pire. L'homme. La petite se retourna pour voir où étaient ses poursuivants et le regard désespéré et terrorisé que capta Sapho lui fit comprendre d'où elle venait.

– Cours au bordel de Madame Catherine, tu seras en sécurité ! lui hurla-t-elle.

À l'approche des deux hommes, elle se redressa et s'interposa en décochant un croche-pied à l'un et en frappant l'autre. Ni une ni deux, les deux victimes réagirent et attrapèrent Sapho.

– Sais-tu ce que tu viens de faire morue ?

Le premier la tint à la gorge.

– Attends une minute, fit l'autre, ce serait pas une putain de la grosse ?

La situation était dramatique et pourtant Sapho se dit que si Madame Catherine l'avait entendu, elle lui aurait tranché la gorge d'un coup sec. Quelque peu susceptible la maquerelle n'aimait pas qu'on évoque son poids potentiel.

– Laissez-moi partir, articula tant bien que mal Sapho, ou Madame Catherine vous le fera payer.

Ils éclatèrent de rire.

– On ne craint pas ta bourgeoise. Ce n'est pas les quatre clampins qu'elle tue de temps en temps quand elle vient dans le quartier qui la rendent plus forte que les autres. C'est une connasse qui se prend pour une sainte. Elle n'est jamais venue nous chatouiller. Tu t'es jamais demandé pourquoi ?

– Parce qu'elle a les foies !

Pas exactement. Hexerine et son amie auraient depuis longtemps réglé leur compte aux Tanneurs du fond du monde, comme on appelait cette partie du quartier, mais le bourgmestre s'y était opposé. De peur que la trêve signée avec les Tanneurs ne soit rompue et que la lie se déverse dans la commune. Il n'avait pas assez de soldats et ne comptait pas en demander au roi. Mauvaise publicité. Et puis les Tanneurs n'avaient qu'à être des gens comme les autres !

Le quartier était né des agrandissements du bled. On y trouvait les artisans des métiers les plus polluants, mais les plus nécessaires. Au nom de la salubrité publique, ils furent relégués aux extérieurs. Extérieurs qui devinrent vite des intérieurs, le bled attirant foule. Enfin, c'est surtout que le bled ne pouvait pas empiéter sur le fleuve, donc forcément, il ne se développait que d'un côté. Du coup, le bourgmestre avait pris la décision d'emmurer le quartier, créant, involontairement, un État dans l'État. La délinquance naquit, mais pas plus qu'ailleurs ; ni pire ni meilleure. En revanche, un groupe malfaisant profita de l'enfermement pour donner naissance à un cloaque sans nom, enfin, si : le fond du monde. Les abysses de l'être humain. Pire que la lie. Le pire du pire. Toutes les déviances étaient satisfaites. Y compris celles concernant les enfants. Surtout celles concernant les enfants. Madame Catherine aurait bien voulu trancher toutes les gorges, mais en plus du bourgmestre, le roi des Tanneurs s'y opposa.

– Je vous comprends, leur avait-il dit. Laissez-moi le temps d'évaluer leurs forces avant de vous lancer. Parce que vous n'habitez pas ici. Les représailles auront lieu et aucun d'entre nous ne veut payer de sa vie la libération d'enfants dont personne ne veut.

Les années s'étaient écoulées et tout le monde s'était habitué. Par peur. Par indifférence. Plus on s'approchait du mur, plus on était indifférent ; plus on se rapprochait du fond, plus on avait peur. Le roi des Tanneurs préférait sacrifier quelques vies pour sauver les autres. Hexerine rageait.

– Il suffirait qu'ils nous suivent, qu'ils se révoltent !

– Ils ont trop peur. Tu ne peux leur reprocher cela.

Mais peut-être était-il temps d'agir.

†

– On va te ramener au fond du monde. Tu ne compenseras pas la petite, mais on sait où elle est.

Sapho eut un regard effrayé.

– Oui, ma petite, ta maison est faible. Elle a des trous. Et des rats comme nous, on peut s'y faufiler.

La raison aurait dû souffler à Sapho « pourquoi ne pas l'avoir fait plus tôt ? », mais elle était partie et avait cédé la place à l'effroi. Ils lui bloquèrent les bras et l'entraînèrent vers les Tanneurs. Le guet, alerté par la course de la petite fille, arriva au moment où ils franchissaient les murs.

– Halte ! leur cria la capitaine.

Goguenards, ils se retournèrent.

– Alors, mon capitaine ? On fait quoi ? Tu viens chercher ta putain ? Au risque de briser l'Entente ? Tu sais ce qu'il va se passer si tu franchis le mur ?

Le capitaine hésita.

– Allez viens, mon petit, viens. On va s'occupe de ta donzelle. Mieux que quiconque ! dirent-ils narquois.

Les soldats sortirent les armes de leur fourreau. Le regard de renoncement de Sapho était de trop. Il fallait mettre un terme à ça.

– Au secours ! Au secours, entendit-on dans une maison. Aidez-moi, le feu !!

Au même instant, un bruit de cavalcade se rapprocha. Deux chevaux et leurs cavaliers entrèrent dans le quartier. Le premier trancha la tête d'un des agresseurs de Sapho, le second empala l'autre avec un tisonnier. Sapho fut enlevée manu militari. Pendant ce court laps de temps, les appels au secours se firent pressants.

– Paragraphe 3, alinéa 42, le guet a le droit d'intervenir par-delà le mur en cas de danger pour les populations du lieu, récita un soldat.

Le capitaine le regarda.

– Sapho n'est pas du coin, mais le feu...

Le guet franchit l'enceinte. Ils entrèrent dans la maison menacée par une fumée ocre qui s'échappait de la fenêtre.

– Bonjour ! Un verre de bière en attendant que cela s'estompe ?

Un couple les attendait tranquillement. Le guet pensa à un piège.

– Asseyez-vous, n'ayez crainte. Y'a pas le feu !

Ils rirent.

– Mais ?

– Le guet peut intervenir que si les Tanneurs en font la demande.

– Vous auriez pu nous tendre un piège !

- « Toute tentative d'assassinat, volontaire et décidée sur un membre de la communauté de Zattise Zeqwestchen sera punie du rasement du quartier », énonça l'homme. On n'est pas stupides.

– Pourquoi ce subterfuge ?

– Madame Catherine est la seule avec son amie à faire du nettoyage. Le roi ne veut pas de carabistouilles pour maintenir la paix. Mais en fait, c'est par peur. On est plus nombreux que ces salopards. Et on ne fait rien…

L'homme assis était inquiet.

– Vous savez, c'est un quartier vivant. Mais la peur suinte les murs. Plus personne ne regarde son voisin. On est des parias dehors et dedans.

– La fille de Madame Catherine, elle a pas à être victime. Vous lui direz à Madame Catherine, hein ? ajouta sa femme.

Le capitaine sentit que c'était la fin du fond du monde. Quand la maquerelle apprendrait ce qui s'était passé, il était sûr qu'elle viendrait le ratisser. Mais cette fois-ci, elle ne serait pas seule.

†

Non elle ne serait pas seule. À l'instant même où le Tanneur du fond du monde posa ses mains sur la gorge de Sapho, la peur de celle-ci ondula jusqu'à la cabane dans laquelle Hexerine et son amie se figèrent.

– On prend l'express, décréta Hexerine.

Elles s'approchèrent de la cheminée qui se déplaça sur la gauche offrant la vue d'un escalier que les deux amies dévalèrent.

– Prends ta passoire !

Coiffées dudit instrument, elles prirent place dans un bobsleigh qu'une taupe habilitée lança à pleine vitesse. Sapho était à peine entrée dans le bordel portée par Haldebarde, qu'un bruit sourd monta de la cave. Épée en main, le soldat descendit suivi de Suzy et de Margaux, rouleau à pâtisserie dans la main droite.

– Haldebarde ! Pousse la porte ! On est coincées !

Même pas étonné, le soldat obéit.

– Je n'arrive pas.

– Ah, merde. Dans le sens inverse d'ouverture ! cria soudain Hexerine. Ah, merci ! On commençait à avoir faim.

Suzy, Margaux et Haldebarde virent surgir les deux amies dans un état pitoyable : cheveux hirsutes, passoire de travers et, bien sûr, couvertes de toiles d'araignée.

– D'où vous sortez ?

– De ma cabane.

– De ?

– Ouais.

– Eh, ben, vous ne faites pas souvent le ménage, constata Suzy.

Hexerine lui sourit. Madame Catherine passa devant le soldat non sans lui avoir posé la main sur la joue. Aucun mot ne fut prononcé. Quand elle vit Gudrun, elle fit de même, faisant rougir la femme viking. Quant aux autres pensionnaires, elles se statufièrent à l'entrée de la matrone. Madame Catherine sans un mot se nettoya les mains et prit son matériel chirurgical : les deux hommes ayant entaillé la joue gauche de Sapho.

– Tu sais, fit Hexerine d'une voix douce à l'adresse de la catin, tu ne pourras jamais arriver à la cheville de la patronne dans ce domaine. Elle a la cicatrice chevillée au corps.

Sapho la regarda à travers ses yeux humides.

– Au moins j'aurai essayé, lui sourit-elle.

Madame Catherine lui recousit avec adresse la joue et la prit dans ses bras. La chaleur du corps de la matrone fit jaillir les larmes, les sanglots. Après un temps, doucement Sapho s'endormit dans ses bras. Gudrun la porta alors dans sa chambre.

– Ne la laissez pas seule.

Esméralda se coula aux côtés de Sapho tandis que les autres descendaient.

– Bon, je suis prête !

Hexerine était au centre de la pièce un filet à papillons en main.

– Margaux, finis de préparer notre repas. Adalinde et Yselda, occupez-vous de la pharmacie à emporter.

– On a presque fini vos chausses ! lança une Dadou radieuse.

– Alors, terminez le temps qu'on revienne.

– Vous partez sans votre hachoir ? s'inquiéta Margaux.

– Pas besoin, Hexerine a son filet.

Tout le monde acquiesça en se demandant bien ce que le filet avait de si dangereux.

†

Lorsqu'elles entrèrent dans le quartier des Tanneurs, tous surent que c'était la fin. Le guet s'interposa expliquant que le problème était résolu.

– Pas tout à fait, dit la matrone dont le regard ne toléra aucune opposition.

Tranquillement, à la vue de tous, elles se dirigèrent au fond du monde.

– Eh, ben, on dit que chez moi, ce n'est pas rangé, ben, là, c'est pire. Je suis sûre que les abysses d'Éros sont plus propres.

Leur arrivée fut annoncée de rue en rue, facilitant la mise en place d'un comité d'accueil. Un gamin, de type ado, tenta le tout pour le tout et essaya de chiper le célèbre hachoir que Madame Catherine n'avait pas. Bien mal lui prit. Elle l'attrapa par le col et planta son regard dans le sien. Nul ne sut ce que vit le gamin, mais ce fut suffisamment édifiant pour qu'il fasse dans ses chausses. Aucunement inquiètes, elles pénétrèrent dans le bordel du fond du monde. Le pire du pire. Là aussi, un comité d'accueil les attendait : assassins, violeurs, criminels vicieux.

– Alors, on vient chercher l'aventure ?

– Vous ne sortirez pas vivantes d'ici ! proclama l'un d'eux.

– Mais oui, mais oui. Ma copine est venue causer à la tenancière.

Une femme, grande, maigre, enlaidie par le temps et la besogne se détacha du groupe et se planta devant Madame Catherine.

– Eh, la grosse ! Vu ta taille, tu as tes chances ! lança un des hommes.

Hexerine se retourna vers lui.

– Toi, tu es un courageux. Ma copine n'aime pas bien ce genre de remarque.

– Ah, ouais ? Et elle va faire qu…

Il n'eut pas le temps de finir que Madame Catherine lui broyait les parties avec sa main droite.

– C'est la guerre ! tonna l'un d'eux.

– Ah ouais ? Pourquoi ? Aucune règle n'a été enfreinte.

– Si !

– Nan. On n'a tué personne.

– Si !

– Ah. Il est mort votre copain ?

– Euh, non, mais il n'est pas en bon état.

Le pote, plutôt verdâtre, avait le souffle coupé.

– Alors on est à égalité, fit la voix d'outre-tombe de Madame Catherine.

Personne ne pipa puisqu'elle avait raison.

– Vous êtes là pour quoi ?

Madame Catherine fixa la taulière et ne dit rien. Elle n'avait pas besoin. Hexerine passa alors son filet à papillons au-dessus de la tête de la tenancière.

– Elle a des mites, expliqua-t-elle. Je n'aime pas les mites.

Hexerine fit signe à son amie qu'elle avait fini.

– Bon, ben salut.

Personne ne vit le regard de la matrone du fond du monde ciller. Personne ne nota le changement. Personne ne vit Hexerine, au tournant d'une rue, attacher le filet et le brûler.

– Y'a pu qu'à attendre.

Le guet et les habitants près du mur respirèrent quand ils les virent revenir propres comme un sou neuf. Enfin, propres, disons sans éclaboussures de sang. Le bordel aussi se sentit mieux.

– Haldebarde, vous allez avec Lili au château. La princesse doit fermer boutique. Margaux, la petite ?

– Elle est cachée dans l'appentis et ne veut pas en sortir.

– Non, Haldebarde, pas par-là, par le souterrain, Hexerine vous montrera en descendant. Vous resterez enfermées le temps de notre absence, dit-elle à l'adresse de ses filles. Vous vous ferez livrer par l'extérieur ce qui manque. Gudrun, tu protèges la maison et tu décideras...

Elle s'arrêta et ses pupilles devinrent noires.

– Non, tu protégeras la maison. On va vous envoyer deux SMS pour gérer les entrées de l'apothicairerie.

– Des ?

– Supers Messagers Spéciaux. Adalinde et Yselda, vous gérerez la pharmacie. Esméralda, Mélissandre et Sapho, vous ferez les soins. Dadou, tu te chargeras de la petite.

Chacun accepta son travail et hocha la tête.

– Je retourne à ma cabane pour finir les paquets. On se retrouve devant le château. Mais avant, on va parler à la petite.

†

– Tu dois savoir que tu es en sécurité ici, commença Madame Catherine tournant le dos à la petite. Tu as agi comme il fallait. Mon amie et moi, allons nous absenter. Dadou sera à tes côtés et Suzy s'occupera de toi. Tu as besoin d'un bon bain et d'un repas chaud. Tu auras une chambre et tu pourras vaquer dans la maison comme il te conviendra. En revanche, tu ne pourras en sortir tant que nous serons absentes.

– À notre retour, ce sera la fin du monde d'où tu viens.

La petite, terrorisée, écouta. Elle ne croyait plus en la parole des adultes. Les deux femmes le savaient. Hexerine se leva et se mit à danser.

– Partenaire particulier chercher le travail c'est la santé ne rien faire c'est tchikiboum.

Puis, elle se rassit. Au loin, un meuglement. De plus en plus proche. Puis…

– Euh, Madame Catherine, y'a une vache devant la porte, annonça Gudrun.

– Elle a été rapide, se réjouit Hexerine.

Terrée sous l'appentis, la petite vit entrer une vache, comment dire, violette. Oui, violette.

– Petite, voici, Bleuette. Bleuette, voici la petite, dit Hexerine. Bleuette doit être traite tous les jours, deux fois. Tu le sauras quand elle lèvera la queue. Quand tu la vois faire ça, tu prends le seau qui est là, tu le places en dessous et tu tournes la queue. Le lait tombera dans le seau.

– Mais attention, ajouta Madame Catherine, c'est du lait spécial. Il est en poudre.

– Et chocolaté ! Mmmm.

La petite ne comprit rien, mais le regard doux de l'animal lui plut.

†

– Bon, les gars, ce n'est pas le tout, mais faut y aller ! Catoche, tu écris la lettre pour la princesse, pendant que je briefe nos amis.

Lili, Haldebarde et Hexerine descendirent.

– Donc, voilà. Ça, c'est mon bobsleigh. Il mène direct chez moi. Là, à droite, c'est un tapis courant. Bon, le tapis n'est pas top, on a pris ce qu'on a trouvé. Mais, il est rapide et sans danger. Pas besoin de passoire ! Vous vous asseyez et vous profitez du paysage. Écoutez, y'a pas de danger, insista-t-elle voyant leur hésitation. Ce sont des rats musclés qui vont courir ! Des costauds !

Lili porta la main à sa bouche quand elle aperçut un des rats lui faisant signe de la patte.

– Tu sais, ma fille, n'est pas rat celui qu'on croit. Ceux qui sont au-dessus de nos têtes sont bien pires.

– Voilà, claironna triomphalement Madame Catherine, tendant une missive. Vous allez atterrir sous la cheminée des bains.

Ils tiquèrent.

– Ne vous plaignez pas ! Au premier tunnel, on a atterri dans les latrines !

– Faut dire que le plan était pourri, expliqua Madame Catherine. Donc vous transmettez mon courrier, et vous restez là-bas.

Le soldat salua et prenant son courage à deux mains s'assit. Lili vint se blottir contre lui.

– Tu as ta passoire ? demanda la matrone à son amie.

– Oui, chef ! Parce que moi, je n'ai pas de freins, alors l'arrivée…, raconta Hexerine avant d'éclater de rire.

Elle partit au quart de manivelle suivie par le tapis courant.

– Y'a pas grand-chose à voir, fit remarquer Lili, plus assurée.

Haldebarde ne répondit pas, la bouche collée par les toiles d'araignée qui se cumulaient sur son visage. Hexerine arriva la première chez elle et entreprit de terminer les préparatifs. Madame Catherine faisait de même quand les deux envoyés du bordel déboulèrent dans les bains du château. Enfin, dans la cheminée. Enfin, en dessous.

– Mais que ? ! articula stupéfaite la princesse.

D'un bond, elle sortit du bain, arracha le savon des mains de Madelon et le lança de toutes ses forces à la tête de l'intrus. Le savon resta collé au visage d'Haldebarde.

– Pardon, princesse, fit Lili, passant timidement la tête, impressionnée aussi bien par la taille de la pièce que par la peau blanche de la princesse. Madame Catherine nous envoie.

– Nous ?

– Oui, pardon, marmonna Haldebarde se débarbouillant.

– Oh, Haldebarde ! Je ne vous avais pas reconnu !

– En même temps, fit Madelon, une moue de dégout sur le visage.

Lili tendit la lettre.

– Capitaine ! tonna la princesse après une rapide lecture.

Le capitaine, qui passait par là, entra. Rougi, s'inclina.

– Capitaine, faites fermer le pont-levis. Nul ne sort, nul ne rentre.

– Ben…

– Capitaine !

– À vos ordres princesse, mais le prince charmant est sorti.

– Et ?

– Ben si nul ne rentre et nul ne sort.

– Ah oui.

Elle réfléchit.

– Faites son paquetage, toutes ses affaires et mettez tout dehors. Je vais lui écrire une lettre pour lui expliquer.

– Hum... Je ne suis pas sûr qu'il sache lire, osa le capitaine.

– Eh ben, je ferai des dessins.

Le capitaine salua, appela l'écuyer du prince charmant et donna ses ordres.

– Que diriez-vous d'un peu de thé ? Histoire de me raconter ce que Madame Catherine ne me dit pas. Ou de la bière, corrigea-t-elle en posant les yeux sur le soldat.

Il la salua pour la remercier.

– Les Tanneurs ! Ce sont des monstres ! s'écria-t-elle une fois le récit entendu.

– Pas tous, rectifia Haldebarde. Ceux du fond du monde seulement.

– C'est tout simplement inhumain !

– Madame Catherine, elle dit qu'il faudrait déjà faire tomber le mur, intervint Lili.

– Vraiment ?

– Oui, elle dit que le mur coupe les gens et empêche le progrès.

– Hexerine parle d'égouts, de trottoirs, compléta amusé le soldat.

– Vous savez de quoi il s'agit ?

– De souterrains comme les Romains, pour faire s'écouler l'eau.

La princesse fronça les sourcils.

– Finissez de manger, on ira ensuite à la bibliothèque.

– Si vous permettez, j'irai sur le chemin de ronde.

– Bien sûr Haldebarde. Je vous confie ma garde.

Alors qu'ils allaient se séparer, un soldat entra.

– Le paquetage du prince est prêt.

– Bien, allons-y.

Ils sortirent dans la cour où attendait sagement l'écuyer du prince.

– Voici, un courrier pour votre seigneur. Qu'il reparte d'où il vient ou qu'il se joigne aux Croisés qui arrivent, peu m'importe. La porte est close. Je dois protéger mon domaine.

– Le prince pourrait vous aider ? suggéra sans conviction l'écuyer.

– Comme avant-hier, avec l'attaque des brigands[3] ? Non, merci. Les Croisés sont en quête d'un dragon. C'est peut-être une occasion de briller ? Bon retour, chez vous.

L'écuyer se résigna, il regrettait déjà la bonne chère et quitta le château.

– Hissez le pont-levis ! tonna Haldebarde.

Personne ne répliqua que l'ordre aurait dû venir du capitaine. Personne au vu de la carrure du soldat. Personne au vu de son efficacité lors du siège du château.

– On fait quoi ? demanda le capitaine.

– On attend. Hexerine a dit de fermer, on ferme.

– D'accord. Et on ferme pour quoi ?

– Les Tanneurs.

Le sang du capitaine se glaça.

– Vérifiez le chemin de ronde ! ordonna-t-il. Tout le monde à son poste ! Armes au poing !

– Vous croyez qu'ils vont nous attaquer ? questionna la princesse intriguée.

– Sapho a dit qu'ils savaient comment entrer dans le bordel. S'ils entrent dans le bordel, ils peuvent arriver jusqu'ici, puisque nous l'avons fait.

---

[3] Tome 1 Les contes de Zattise Zeqwestchen

La princesse eut soudainement peur.

– Même si j'y crois pas.

Elle le regarda, étonnée.

– Quand les filles ont rapporté les propos de Sapho à la patronne, elle a regardé Hexerine. Qui a souri. Et s'il y a bien un truc qui fait flipper, c'est quand Hexerine sourit. Croyez-moi, princesse, ça, ça glace le sang. Alors, je ne sais pas s'il y a des failles dans le bordel, mais à la place des Tanneurs, je ne m'y risquerais pas.

La princesse se mit à regarder la plaine devant la forêt.

– Pourquoi vont-elles à la recherche de ce dragon ?

– Le dragon, c'est un problème politique dont les conséquences seraient désastreuses. Elles veulent éviter le pire et savent qu'elles vont y arriver. Rien ne semble les effrayer, répondit Haldebarde. Je ne sais pas si c'est du fait de leur passé, mais elles n'ont peur de rien.

– Je vois.

– Je crois que la seule chose qui pourrait leur faire peur, c'est l'absence de bière, se moqua le soldat.

La princesse ne put s'empêcher de rire.

– Je vais à la bibliothèque avec Lili. Je suis contente que vous soyez là.

Il inclina la tête. Quelques minutes plus tard, le prince charmant se présenta devant les douves.

– Eh regarde qui est là ! s'exclama une voix bien connue derrière lui. Notre prince !

Ce dernier se retourna et le désespoir se lut dans ses yeux. La résignation aussi.

– Pourquoi moi ? gémit-il.

– Parce que tu pourris tous les contes de fées !

Il baissa la tête.

– Mais, en même temps, peut-être n'êtes-vous pas dans le bon conte.

Il regarda Madame Catherine.

– Un peu plus au sud, il y a des terres propices pour les princes comme vous. Des terres accueillantes.

– Tu penses à Perrault ou Grimm ?

– Les deux.

– Vraiment ? fit le prince plein d'espoir.

– Ouais. Y'a des princesses avec des robes à pois, y'en a une qui fait des tresses pour s'occuper, une qui ronfle depuis cent ans.

– Nannn ?

– Si.

– Écuyer ! En avant ! Je me dois de sauver des princesses ! Parce qu'elles sont à sauver, n'est-ce pas ? cria le prince ragaillardi.

– Absolument. D'une marâtre, d'une sorcière.

Il jeta un rapide coup d'œil à Hexerine.

– Attention à ce que vous allez dire !

Il leva les mains en signe de paix.

– Mais pourquoi on ne m'a rien dit avant ?

– Zattise Zeqwestchen, tenta l'écuyer.

†

– C'est quand même une quiche !

– Hexerine !

– Oh, ben si ! Quand on pense que les contes de fées, c'est fait pour chasser les cauchemars et donner de l'espoir...

– Tu me dis pourquoi on va aux douves ?

– Parce que faut qu'on arrive avant les Croisés. Coucou, Éros !

Un bouillonnement.

– Euh, soldat, regardez, vos amies, on dirait qu'elles parlent aux douves.

Haldebarde se pencha et vit ce que tous voyaient : Hexerine et Madame Catherine parlant devant les douves. Enfin, non, parlant aux douves. La princesse, prévenue par un garde, constata la même chose.

– Elles font quoi ? chuchota-t-elle à Haldebarde.

– Je ne suis pas sûr, mais je crois qu'elles parlent aux douves.

Ce que le petit signe d'adieu qu'elles firent confirma.

– Madame Catherine ! Madame Catherine, appela la princesse.

– Oh, princesse ! Bien le bonjour !

– Salut, Haldi ! Bien arrivé ?

– Un peu sale...

– Ah, ben, la Catoche et le ménage...

– Que dois-je faire ? demanda la princesse.

– Vous restez fermés. On sera là dans une semaine.

– Et si les Croisés se présentent ?

– Dites-leur que deux Croisés les précèdent, ils ne resteront pas, cria Hexerine.

– Deux Croisés ?

– Ouais, nous !

– Hexerine, ils vont me rire au nez !

– Ne dites pas que c'est nous, vous aurez qu'à dire…

Elle réfléchit.

– Vous aurez qu'à dire que vous avez hébergé deux Écossais. Le rosbif, il ne va pas aimer.

– Et s'ils me demandent un nom ?

– Eh ben… Vous avez hébergé Mac Abé et Mac Ulotte.

– Qui ?

– MAC ABE et MAC ULOTTE !!!!

– D'accord.

– Vous êtes à pied et eux à cheval, intervint le capitaine, ils vont vous rattraper !

– Alors, là, mon gars, ça m'étonnerait !

Les deux femmes leur firent signe puis prirent la direction de l'Est.

– Oh, princesse ! hurla Madame Catherine, il se peut que vous ayez une demande un peu particulière. Laissez parler votre cœur !

La princesse chercha une explication en regardant Haldebarde, lequel se contenta de hausser les épaules.

†

– Tu crois que les Tanneurs vont tenter le passage ?

– Ma belle, je pense qu'ils sont assez stupides pour ça.

– Ben quand même.

– Oh, eh, on ne va quand même pas les plaindre ?

– Non, mais c'est moche d'être aussi bête.

– Ils sont bêtes parce qu'ils vivent grâce à la peur des autres. Ils ont oublié de se méfier. Leur arrogance et leur méchanceté les perdront.

Madame Catherine soupira.

– J'aurais préféré les égorger moi-même.

– Laisse faire la nature. Elle reprend toujours ses droits quand la justice est inefficace.

– Allez ! On y va à cette forêt enchantée ?

– On y va. Même si l'idée d'y entrer ne m'enthousiasme pas, ronchonna Hexerine.

– Ça se trouve, ce n'est pas ce qu'on croit.

†

Tandis que nos amies cheminaient en direction de la forêt enchantée, Dadou tentait d'entrer en contact avec la petite.

– Moi, c'est Dadou. Je suis née de l'autre côté du monde. C'est un Croisé qui m'a achetée pour faire joli dans son salon. Je me suis enfuie et j'ai atterri ici. Enfin, je me suis vendue à Madame Catherine.

La petite eut un regard apeuré.

– Ne t'inquiète pas. Ici, tu es en sécurité. Madame Catherine ne bat personne, ne vend personne. Nous avons toutes choisi d'être là[4]. Esméralda, elle vient de Paris. Mélissandre, de Bretagne. Gudrun, du Nord. Les jumelles de Zeskoilafin et Sapho d'Onnesaizoù. Margaux et Suzy étaient là avant nous. Quant à Lili, elle est arrivée depuis peu. Abandonnée par ses parents.

Le chat noir s'approcha et s'assit devant la petite.

– Lui, c'est Méphisto. Le chat de Madame Catherine. Même si Adalinde pense que la maison est à lui.

Dadou éclata de rire.

– Adalinde pense que la maison est vivante !

Son rire franc et jovial donna naissance à une esquisse de sourire sur le visage de la petite.

– Ici, c'est comme un havre de paix. Rien ne peut nous arriver. Absolument rien. Hier, on a été attaquées[5]. Non, non, ne t'affole pas. Ils ont essayé, mais ils se sont cassé les dents ! Ils ont même essayé de brûler Madame Catherine. Plutôt raté. Elles sont incroyables toutes les deux. Elles savent tout. Même des trucs qu'on ne comprend pas. Madame Catherine, elle gère le bordel. Mais bien. On est libres de se vendre ou pas. Je suis sûre qu'elle aimerait qu'on gagne notre vie autrement, mais je ne sais pas si on aurait la force de changer. La force

---

[4] Tome 1 Les contes de Zattise Zeqwestchen
[5] Tome 2 L'Inquisiteur

et les moyens. Tu comprends, on doit vivre. Et parfois, pour vivre, les femmes ont recours à des métiers qui les avilissent. Quand la société reconnaîtra que la pauvreté ne doit pas pousser à l'extrême, alors peut-être que le roi luttera contre le développement des bordels. Ou alors des bordels consentis.

La petite ne parlait pas, mais écoutait. Tout était tellement nouveau. Elle avait osé fuir. Elle savait ce qui lui arriverait s'ils la retrouvaient. Tout n'était qu'une question de temps. Pourtant, son cerveau s'apaisait. Un sentiment neuf parcourait ses veines. C'était ténu, mais présent. Ses yeux se posèrent sur le citronnier, puis l'arbre à côté de lui.

– C'est un oranger, expliqua Dadou suivant son regard. Il n'a jamais donné de fruits. Il me fait mal tout rabougri comme il est. En plus, Hexerine dit qu'il aurait besoin d'une coupe de cheveux. Elle veut dire par là qu'il faudrait le tailler pour qu'il donne des fruits. Madame Catherine dit que cela ne servira à rien tant qu'il n'aura pas envie.

Il n'avait pas envie en effet. Plus depuis longtemps.

– C'est quoi une orange ? questionna la petite.

– Un fruit magnifique ! Tu n'en as jamais vu ?

Elle fit signe que non.

– C'est rond, assez gros, plus gros que mon poing. La peau est épaisse et le fruit est découpé en quartiers. Quand tu mords dedans, c'est juteux. Un vrai délice.

– Dessine-moi une orange.

Dadou lui sourit.

– D'accord.

Alors qu'elle se levait, la queue de la vache se dressa.

– Ben, qu'est-ce qu'il lui prend ?

Un meuglement accompagna le geste.

– Margaux ! Margaux !

– Quoi ?

Dadou indiqua la vache. La cuisinière s'approcha.

– Pff, encore une invention d'Hexerine.

Elle tourna autour de Bleuette sans savoir quoi faire.

– Faut la traire, non ? suggéra Adalinde, venant d'arriver.

– Ah, oui, eh ben moi, je ne trais pas une vache violette qui lève la queue.

– Pourquoi ?

– Parce que je suis sûre qu'elle ne se trait pas comme les autres !

– Je ne vois pas pourquoi.

– Parce qu'elle est violette !

– Dis-moi, Hexerine ne t'aurait pas expliqué comment on fait ? demanda Dadou à la petite.

Celle-ci ne bougea pas.

– Je sais que tu as peur, mais la vache, là, elle a mal. Si on la trait pas, elle aura de plus en plus mal.

Rien n'y fit. Jusqu'à ce que Méphisto se glisse près de la petite et commence à ronronner. Jusqu'à ce que les femmes s'éloignent. Alors, une fois seule, la petite s'approcha doucement, attrapa la queue et tourna. En voyant, depuis la cuisine, le lait en poudre tomber, Margaux se précipita avec un seau. À la fois amusée et sérieuse, la petite fit sa première traite.

– Allons bon, rouspéta Margaux en observant le contenu du seau.

Les femmes la suivirent dans la cuisine, laissant la petite recevoir des coups de langue de la part d'une Bleuette soulagée.

– Qu'est-ce que c'est encore que ce truc-là ?

D'instinct, la cuisinière mit de l'eau à chauffer qu'elle versa délicatement sur un peu de poudre. Un arôme, jusque-là inconnu, emplit la pièce.

– Déjà, ça sent bon, constata avec plaisir Yselda qui avait gardé un mauvais souvenir de la mésaventure d'hier.[6]

Craintivement, Margaux trempa ses lèvres dans le breuvage, glouglouta, puis avala. Elle fit une grimace.

– Ça manque de sucre.

Elle réitéra la démarche en ajoutant un peu de sucre.

– Ben, merde.

– Quoi ? crièrent ensemble les catins.

– C'est très bon !

Elle prit une casserole plus grande, des bols et se prépara à servir tout le monde.

– Allez chercher la petite, je crois que cela lui fera le plus grand bien.

Celle-ci refusa d'entrer. Ce fut Bleuette qui la poussa à l'intérieur. Personne ne fit rien. Les catins s'installèrent tranquillement à leur place, Margaux coupa des tranches de pain qu'elle beurra et un autre petit-déjeuner débuta. Constatant qu'aucun homme n'entrait, qu'aucun cri ne se faisait entendre, qu'aucun coup ne pleuvait, la petite s'assit du bout des fesses sur la chaise, Méphisto s'installant sur ses genoux. La douce chaleur du chat, son ronronnement rassurant, les bavardages des filles et l'odeur qui venait du bol apaisèrent les craintes.

---

[6] Tome 2 Les contes de Zattise Zeqwestchen, L'inquisiteur.

Prudemment, elle approcha ses lèvres du bol, les trempa et avala un peu de breuvage. Qu'elle vomit peu après.

– Ce n'est rien, ce n'est rien, la rassura Suzy. C'est peut-être un peu chaud et je crains bien que ton estomac ait oublié ce que manger veut dire. Margaux donne-lui un peu de pain beurré. Ne t'affole pas, c'est normal, tout ça. Enfin, je veux dire, que tu vomisses. Ça nous a fait pareil à Margaux et moi quand on a commencé à travailler pour Madame Catherine. La table était composée de mets inhabituels pour nous. On a vomi partout.

– Oui, et après, on a vomi parce que c'était Madame Catherine qui faisait à manger.

Suzy ne put s'empêcher d'éclater de rire. Rire qui gagna toute l'assemblée quand, lancée, Margaux raconta les qualités de cuisinière de sa patronne. La petite se sentit soudainement si bien qu'elle se mit à pleurer.

– Ah, ben non, on va toute s'y mettre, rouspéta Esméralda la larme à son seul œil.

Gudrun entra à ce moment précis.

– Le guet est devant la porte.

– J'y vais, fit Mélissandre. Capitaine ?

– N'ouvrez pas, je voulais m'assurer que tout allait bien.

– J'aurais bien du mal à vous ouvrir, la patronne est partie avec les clés.

Le capitaine sourit.

– C'est bien. Je voulais vous dire que je vais placer mes hommes dans le coin pour m'assurer que les Tanneurs ne viendront pas.

– Laissez tomber, cria la voix de Gudrun. Je suis là et bien armée. Madame Catherine vous dirait de protéger la ville plutôt que le bordel.

Le capitaine se redressa.

– Vous avez raison. C'est idiot de ma part. Surtout depuis hier. Mais une rumeur se répand qu'il y a un moyen d'entrer…

– Oui, le coupa Gudrun. On sait.

– Et ?

– Sapho l'a dit à Madame Catherine et Hexerine.

– Qu'ont-elles dit ?

– Rien.

– Rien ? Comment ça rien ?

– Ben rien.

– Ah.

– Capitaine ! Capitaine !

– Soldat ?

– Je reviens du château comme vous m'avez dit. La princesse a fermé le pont, la garde est sur le pied de guerre.

– Je ne peux pas être sur deux fronts !

– Non, mais y'a Haldebarde. Il a dit de vous dire « pas de souci ici, ni au bordel ».

– Comment peut-il en être sûr ?

– Je lui demande « comment que tu peux en être sûr ? », poursuivit le soldat. Les Tanneurs disent qu'ils peuvent rentrer.

– Oui, et ?

– Il a dit « moi, j'y crois pas ». Je lui ai dit « pourquoi que t'y crois pas ? ». « Parce que quand Hexerine l'a su, elle a souri ».

Le capitaine n'y comprenait rien.

– Qu'est-ce que ça peut nous foutre !

– Excusez, capitaine, mais vous n'avez jamais vu Hexerine sourire, intervint Gudrun, criant fort derrière la porte.

– Mais, enfin…

– Vous êtes un soldat. C'est quoi le pire pour vous ? Qu'est-ce que pourrait faire un ennemi pour vous faire peur ? Moi, quand j'étais enfant, c'était les souris crucifiées. Ça, ça m'a toujours fait peur.

– Mais, je, enfin, je…

– Ben, réfléchissez et dites-vous que le sourire d'Hexerine, vous voyez dans un siège, on balance des cadavres, on plante des têtes sur des piquets et tout ça. Eh ben, là, c'est pire.

– Dans ce cas, je dirais que ça me rassure.

– Voilà, c'est ça, ça rassure.

– Des souris crucifiées ? s'étonna Mélissandre effarée retournant à la cuisine.

– Ouais. C'est flippant. Surtout quand tu sais que c'est vachement difficile à attraper.

†

Hexerine et Madame Catherine marchaient toujours de concert quand une notification les fit s'arrêter. Un hologramme apparut, montrant le bordel.

– Ah. On dirait que les Tanneurs n'ont pas l'intention d'attendre la nuit.

Madame Catherine soupira. En effet, une bande de trois hommes s'approchait de la maison d'Anthelme.

– Salut à toi, Anthelme, fossoyeur d'Infidèles !

Il leur retourna un salut plutôt mitigé. Anthelme n'appréciait guère les Tanneurs « des pécores qui n'ont jamais rien fait de leur vie ». À part trimer, mais aux yeux du Croisé, ça ne comptait pas. Lui avait agi pour le bien de tous : il avait lutté pour Dieu !

– Que voulez-vous ?

– Regarde ce que nous t'apportons !

Un petit garçon fut jeté à ses pieds. Huit ans, neuf ans. Cheveux bouclés noirs, des yeux en amande, une peau cuite par le soleil.

– Que voulez-vous que j'en fasse ?

– Mais ce que tu sais si bien faire !

Le Tanneur fit un geste au niveau de la gorge.

– Je ne crois pas, répondit Anthelme. Ce n'est pas un Infidèle. Je ne décapite que les Infidèles.

Profitant du relâchement de son geôlier, étonné de la réponse, le petit garçon s'échappa en direction du jardin. Bloqué par le muret, il grimpa sur l'oranger son ultime espoir.

– Pitié, murmura-t-il.

L'oranger entendit ses suppliques. Soudain, le passé ressurgit. Les mêmes suppliques d'un autre enfant. Mais pas ici. Ailleurs. Là-bas, dans son jardin. Avec son maître qui le soignait, cueillait ses fruits et les mangeait avec reconnaissance. Avec les enfants qui tournaient autour de lui en essayant de s'attraper. Avec ce soleil qui pouvait brûler. Ces suppliques. Les mêmes. Qu'avait-il fait, lui, l'oranger séculaire ? Qu'avait-il fait quand ils étaient entrés au nom de Dieu ? Quand ils avaient passé par le fil de l'épée toute la famille ? Quand l'un d'eux avait attrapé l'enfant et l'avait décapité ? Rien. Il n'avait rien fait. Il avait vu, c'est tout. Subi, aussi. Le Croisé l'avait déterré pour le planter dans son jardin. L'oranger frémit. Il venait de se rappeler ! Sa colère se transmit à tous les autres arbres. Les racines palpitèrent, enflèrent, remuèrent pour jaillir et faire trembler la terre. Surpris, les hommes chancelèrent, se sentirent soulevés de terre. La tête en bas, ils se mirent à appeler leurs semblables. Qui apparurent. Sous la forme de Gudrun et Margaux.

– Ben ?

La géante tendit le bras, empoigna l'enfant et le fit passer de l'autre côté du mur. À l'un des Tanneurs qui tentait de s'emparer de son bras, elle retourna une gifle magistrale qui le laissa pantois.

– Prends ça, Gudrun, c'est mon battoir, ça sera plus efficace ! proposa la cuisinière.

– Le premier qui l'ouvre je lui fends le crâne avec !

L'un d'eux rit.

– Pauvre putain ! Comme si ton bat…

Il n'eut pas le temps de finir sa phrase.

– Joli, applaudit Hexerine.

Le guet, alerté par les cris, fit son apparition.

– Qu'est-ce… Embarquez-moi ce petit monde !

– Et pourquoi nous ? s'indigna un Tanneur. C'est elle qui frappe !

– Une intuition. Anthelme ? Auriez-vous une explication ?

– Absolument ! Ils voulaient que je décapite ce gosse, mais j'ai refusé parce que ce n'était pas un Infidèle ! Faut pas exagérer ! S'ils veulent tuer leur gagne-pain qu'ils le fassent eux-mêmes.

– Ah, oui, quand même, soupira Hexerine. Le fanatisme n'a vraiment pas de limites.

– Il a fait quelle croisade Anthelme ?

– La huitième[7].

– Il a de l'expérience donc.

– Ouais, il a commencé tôt en suivant son père. Y'en a un dans sa famille qui s'est fait les Albigeois.

– Joli palmarès familial.

– Faut savoir entretenir la tradition. Bon, allez, on reprend la route, j'aimerais être à la forêt avant la nuit.

†

Suzy, voyant arriver le garçon, prit une décision radicale.

– Bon, d'accord vous n'avez jamais vu d'eau, mais là, les gars, on y va !

---

[7] 1268-1272

Elle ouvrit les bains, installa un paravent entre les deux bassines et invita les enfants à la rejoindre.

– Alors voilà. Pour éviter d'être dévoré par les bêtes, on doit se laver. Ça ne fait pas mal, c'est plutôt agréable et c'est fort recommandé dans une vie en communauté. Ici, c'est l'épouillage. Vous mettez vos pieds là, je saupoudre le corps avec ceci, les bêtes s'en vont et ensuite on va dans l'eau. Alors, qui se lance ?

Les deux enfants reculèrent.

– Et si vous nous faisiez confiance ?

Ils se regardèrent et d'un commun accord se décidèrent à ne pas y aller. Sapho apparaissant jeta sa broche dans l'eau.

– Oh mon Dieu, ma broche sacrée ! Jamais je n'oserais aller la chercher, j'ai trop peur.

Elle poursuivit ainsi sous les yeux éberlués de Suzy jusqu'à ce que le petit garçon essaie d'attraper la broche flottant dans sa direction. Plouf ! Méphisto avait poussé l'enfant qui commença à se débattre, à crier, jusqu'à ce qu'il se rende compte qu'il avait pied. Rougissant de colère d'avoir été possédé, il allait répliquer quand le chat sauta dans l'eau.

– Je crois qu'il veut jouer.

– Et je fais comment, moi, maintenant, avec les bêtes ? rouspéta Suzy.

Sapho passa derrière elle, fit couler de l'huile, aspergea l'enfant de poudre.

– Voilà, les bêtes vont glisser sur l'huile et on a plus qu'à les récupérer avec l'écumoire.

Encouragée par les éclats de rire du garçon, la petite allait sauter dans la bassine quand Suzy la rattrapa au vol.

– Doucement, ma toute belle, toi tu vas respecter les règles.

Aspergée de poudre, la petite vit tout un tas de trucs sortir de sous sa robe, ses cheveux pour tomber dans un trou.

– Voilà, à présent, tu vas retirer ta robe et aller dans l'eau. Et lui aussi, il va retirer ses vêtements. Dadou vous en fabriquera de nouveaux.

Quand Suzy sortit des bains, elle était épuisée.

– Ça y est, ils se lavent ! Eh ben, merci ! Heureusement qu'on n'en a pas quinze comme ça !

†

À la nuit tombée, les chats ne sont pas gris. Les Tanneurs, si, d'avoir trop bu. Mais pas les cinq, là, qui se faufilaient le long des rues, eux n'étaient pas gris. Ils cherchaient l'entrée du souterrain.

– Tu sens ? fit Madame Catherine occupée à tourner la blanquette de veau.

– Oui. Ils n'ont pas pu s'en empêcher. Avec Anthelme, au moins, ils ont tenté la surprise, mais là...

– Je me demande s'ils vont aller au bout.

– Ah, ça. Les derniers ?

– Ils sont arrivés à mi-chemin, je crois.

– Ah oui, ils se sont entretués. C'est moche.

– Je me demande s'il est encore là.

– Où veux-tu qu'il aille ?

– Oui, c'est vrai, tu as coupé le fil, lui reprocha Mme Catherine.

– Rho, ça va, elle avait qu'à le tendre son fil au lieu de le laisser traîner par terre ! Sans déconner ! Je me suis pris les pieds dedans au moins cent fois ![8]

– Remarque, le côté positif est qu'il a toujours à manger.

– Ah, voilà ! Merci à moi de l'avoir sauvé. Parce qu'à part faire des fils, elle ne savait pas faire grand-chose !

– En plus, ils sont réunis pour l'éternité vu qu'elle a pas trouvé la sortie non plus, conclut Madame Catherine.

– C'est ça ensemble, mais pas au même endroit. Ça évite les divorces. Encore merci à moi !

---

[8] Référence au mythe d'Ariane et le Minotaure.

Les cinq Tanneurs du fond du monde poussèrent joyeusement la porte du souterrain. Sûrs d'eux, ils s'aventurèrent en se frottant les mains. Au bout d'une heure, ils commencèrent à douter.

– Tu as laissé ta pancarte d'avertissement ? demanda soudain Madame Catherine à son amie.

– Ouais, traduite dans toutes les langues. J'ai même fait des dessins !

– Ah.

– Quoi ah ?

– Ce n'est pas le domaine où tu excelles.

– Non, mais faudrait vraiment être con pour ne pas comprendre qu'une flèche indiquant un pendu ce n'est pas bon signe.

Hexerine se tut, réfléchit un instant.

– Ouais, ils sont cuits.

†

– Bonjour Jolicoeur de Bœuf !

– Monsieur le prévôt ! Que me vaut l'honneur ?

– Je venais voir comment nos invités avaient passé la nuit.

– Comme tous les gens de cet acabit. Ils ont clamé leur innocence. Après, ils ont insulté tout le monde. Pour ensuite dire que de toute façon « on va lui faire la peau à la grosse morue ». Là, il parlait de Madame Catherine et j'étais bien content qu'elle ne soit pas là, parce qu'il n'aurait pas eu le temps de finir sa phrase et moi j'aurais eu plein de nettoyage à faire. Je leur ai dit « et comment que vous comptez faire puisque le bordel est fermé ». Et là qu'ils me répondent « y'a un souterrain ». Ils ont même essayé de me souder pour que je leur ouvre la porte.

– Vous souder ?

– Oui, de temps en temps, mais Hexerine est meilleure que moi.

Le prévôt avait perdu le fil.

– Donc que je leur dis que je ne suis pas à vendre.

– Soudoyer !!!

– Oui, c'est comme je vous le dis. Mais je vais vous dire, hein, moi, ils pourraient me donner de l'or que je n'en prendrais pas.

– Ah.

– Non. D'abord, je ne saurais pas quoi en faire et pis entrer dans le bordel de Madame Catherine quand elle dit que c'est fermé, ben je ne suis pas frigidaire. J'y vais pas.

Le prévôt chercha le sens de frigidaire puis renonça, car le geôlier reprenait.

– Pis, vous savez, le souterrain, même s'il existait, je ne m'y risquerais pas.

– Dangereux ?

– Oh que oui ! Vous pensez ! La patronne tranche des gorges plus vite que son ombre ! Et Hexerine, elle fait flipper quand elle sourit. Ça, c'est un conseil, prévôt, si elle sourit, barrez-vous vite !

– Je vous remercie de vos bons conseils.

– Bah, quand on peut rendre service. Vous savez si elles vont passer ?

– Pas que je sache. Pourquoi ?

– J'ai entamé une partie avec Hexerine et j'attends son prochain coup.

– Une partie ?

– D'échecs. Hexerine m'a appris. Elle est trop forte.

– Elle vous a appris...

Le geôlier commençait à se demander si le prévôt allait bien, vu qu'il répétait toutes ses phrases.

– Oui, lors de sa première exécution.

– De sa prem...

– Oui ! Je débutais. Mon oncle les a ordalisées.

– Votre oncle a ordalisé qui ?

– Ben Madame Catherine et Hexerine.

– Mais non, vous confondez. L'ordalie a eu lieu hier.

– Oui, la deuxième. Pas la première. Asseyez-vous, vous êtes tout pâle. Ce n'était pas ici. C'était Ailleurs. C'était plus dans le Nord. Madame Catherine a été menée au bûcher et Hexerine à la noyade, comme hier. Sauf que là, y'avait leur ami en plus. Un grand tout sec, mais avec une tête sympa.

– Merci pour la tête sympa, fit la Mort qui venait d'entrer.

– Lui, il a été empalé. D'ailleurs, si vous voulez mon avis, il est mort puisque je l'ai pas revu. Par contre, elles, elles ont survécu. Madame Catherine m'a dit que le bûcher avait chu et qu'elle s'était glissée entre les jambes des spectateurs et Hexerine, c'est un poisson-scie qui avait besoin de se faire les dents. Il a limé les chaînes.

Le prévôt était abasourdi.

– J'ai fait la même tête que vous. Mais bon, c'est pour cela qu'hier, je ne me suis pas inquiété. Pardonnées par Dieu une fois, pardonnées toujours.

– Monseigneur ! appela un garde.

Le prévôt sortit de son rêve.

– Les Tanneurs ont déclaré ce matin à la garde que huit hommes manquaient à l'appel.

Parmi les articles de la Trêve, il y avait celui qui obligeait les Tanneurs à déclarer tout élément suspect.

– Huit ? Mais nous n'en avons que trois dans les geôles !

– Sauf s'ils se sont multipliés sans que je m'en aperçoive.

Pour être sûr, Jolicoeur refit le tour des cellules.

– Non, c'est cela, trois.

– Alors ! cria l'un d'eux, ils ont saigné la grosse !

– Je vous prierai de ne pas manquer de respect à Madame Catherine si vous voulez vivre quelques heures de plus, se fâcha Jolicoeur.

Le Tanneur du fond du monde lui tira la langue.

– Aucune éducation !

– Je crains que vos plans n'aient échoué, intervint le prévôt. Madame Catherine va bien et ses catins aussi.

– Menteurs !

– Si ! se permit le soldat. Enfin pour Madame Catherine, je ne sais pas, mais Margaux faisait des friands. D'ailleurs…

Il tendit un paquet à Jolicoeur qui rosit de plaisir.

– C'est un mensonge.

– Non, je ne crois pas. Si la cuisinière cuisine, c'est que tout est pour le mieux.

– Ils sont dans le souterrain ! Ça ne saurait tarder !

– Mais oui, mais oui, se moqua le prévôt. J'ignore si ce souterrain existe, mais si c'était le cas, vos amis y sont toujours.

– Et pour l'éternité, conclut la Mort.

– Bon, puisque tout est en ordre, je vais au château prendre les ordres de la princesse.

– Dites-lui de faire attention à ses miches ! On arrive !

– Oui, oh, si c'est comme le souterrain, on ne prend pas trop de risques.

†

– Princesse ! Ouh ouh ! Princesse, criait le prévôt depuis les douves.

– Approchez-vous et montez sur la planche.

Le prévôt arqua un sourcil, descendit de cheval et attendit.

– La planche, montez dessus. J'envoie le treuil !

– Décidément, cette journée est des plus étranges, marmonna-t-il.

Un treuil descendit une planche carrée.

– Asseyez-vous dessus, on vous monte.

Le prévôt atteignit les hauteurs avec fort peu d'élégance.

– Désolé pour les à-coups, mais on ne maîtrise pas encore le levage.

SLURP SLURP.

– Qu'est-ce ?

– Les douves qui se vidangent.

Le prévôt arqua un deuxième sourcil. Il avait une maîtrise de poliorcétique[9] et savait pertinemment que les douves ne se vidaient pas.

– Princesse ! salua-t-il galamment.

– Prévôt. Soyez le bienvenu.

– Vous vous attendez à un siège ?

– Je suis les ordres d'Hexerine.

– Vous avez raison. Nous avons arrêté trois tanneurs du fond du monde qui essayaient d'entrer au bordel par chez Anthelme. Et cinq sont portés disparus.

– Ils sont dans le souterrain, conclut Haldebarde qui entrait.

– Sans nul doute. Leurs amis ne semblaient pas s'inquiéter de leur absence.

– Ils sont trop… Enfin, c'est normal, se reprit le soldat avant de dire un gros mot. Mais s'ils ont passé la nuit

---

[9] Art de la guerre

dans le souterrain, c'est qu'ils n'en ressortiront pas. Ou pour atterrir dans la cave de la patronne.

Il fit un clin d'œil à Lili qui partit dans un immense fou rire.

– La cave de la patronne, c'est l'enfer. Une poule y retrouverait pas ses petits.

– Adalinde dit que la maison est vivante, s'amusa Lili.

– Maison vieille, conclut le prévôt. Passons à nos affaires.

Le soldat allait quitter la pièce quand, de la cheminée, surgirent deux… deux… deux êtres vivants, rouges, de petite taille avec une passoire sur la tête.

– C'est nous ! dit le premier.

– C'est nous ! dit le deuxième.

– Non, mais c'est bon, si je le dis une fois, tu ne le répètes pas ! Rat Telier pour vous servir, dit le premier.

– Rat Chitique, se présenta le second.

– Euh.

– Nous sommes les SMS de Madame Catherine. Hum, Monsieur le soldat, pourriez-vous remettre l'épée au fourreau ?

– Les SMS ?

– Supers Messagers Spéciaux. Vous avez un truc à dire à Hexerine, hop, on lui donne !

Le prévôt avait gardé la bouche ouverte.

– Et donc, vous êtes là pour? interrogea la princesse revenue de sa surprise.

– Pour vous dire qu'on est là.

– D'accord.

La princesse allait poursuivre quand un garde l'interrompit.

– Des croisés.

Suivie du prévôt, de Lili et d'Haldebarde, elle se rendit sur le chemin de ronde.

– Ah, tout de même! s'impatienta un écuyer. Le sieur O'Déclin demande audience!

– Navrée, nous sommes fermés.

– Fermés? s'offusqua l'écuyer.

– Fermés. Nous pouvons panser vos bêtes, mais c'est tout.

– Que? Quoi? s'indigna O'Déclin.

– Deux seigneurs écossais vous ont précédés et ont vidé nos réserves.

– Deux Écossais, dites-vous?

– Oui, Mac Abé et Mac Ulotte.

– Donnez la panse aux chevaux, nous partirons ensuite.

Le « ensuite » vit arriver O'Mydarling, suivi de O'Quenelle.

– Mais que ?

Chacun dans son jargon trouva une justification à sa présence. Explication plus ou moins confuse qui eut le mérite de les voir partir au fil de la journée. L'un en direction de la seigneurie de O'Monbeausapin. Un en direction de la seigneurie de O'Mygott. Le dernier en direction d'O'Fildeleau. O'Solemio ne fit aucune apparition. Seul O'Percule arriva à la nuit tombée.

– Flûte, ils sont déjà passés. C'est quoi le chemin le plus long ?

– Le plus long ?

– Oui, ils ont dû prendre le plus court, alors je vais prendre le plus long pour arriver avant eux.

– Je vais vous faire une carte, lui lança Haldebarde, quelque peu déboussolé.

– Vous croyez qu'il sait lire ? s'inquiéta la princesse en voyant la précision de la carte du soldat.

– C'est un chevalier.

Il réfléchit.

– Lili ? Viens ici, ma grande. Dessine un château là. Voilà. Une montagne ici. Voilà. Là, une princesse.

Lili s'arrêta, regarda de biais la princesse afin de s'inspirer.

– Et là, tu ajoutes un dragon. Un sapin aussi pour indiquer la seigneurie.

Le château, ma foi, on pouvait le reconnaître, la montagne aussi. Pour le reste…

– Un grand merci, preux chevalier ! Voilà une carte de soldat ! Claire, nette, précise !

– Pas de quoi. Euh, arrêtez-vous à l'auberge de Zattise Zeqwestchen. Vous pourrez y passer une nuit sereine.

– Grand merci !

– Il faudrait prévenir le prévôt, dit pensivement la princesse.

– C'est le moment d'utiliser vos SMS.

– Oui, mais je ne sais pas comment.

– C'est nous !

– C'est nous !

– Mais arrête de me répéter !

Blasés, Haldebarde et la princesse ne firent aucun commentaire quant à leur arrivée soudaine ; ils allèrent dans la salle commune et rédigèrent, elle, un courrier pour le prévôt ; lui, un résumé pour le bordel et Madame Catherine.

†

– C'est nous !

– C'est nous !

– Arrête de me répéter !

Les deux… les deux… enfin, ils surgirent de dessous la plaine, courrier en main.

– Ah, des SMS !

– Rat Telier.

– Rat Chitique.

– Bien le bonjour à vous, les salua Madame Catherine. Auriez-vous des nouvelles pour nous ?

– Absolument. Un courrier du soldat.

– Non, c'est un courrier du bordel !

– Non, c'est toi qui l'as !

– Non, mais c'est bon, on fera le tri. Ça va comment là-bas ? questionna Madame Catherine.

– Imhotep. On a aussi ça ! annonça fièrement Rat Telier. Ou Rat Chitique. On ne sait pas vu qu'ils étaient pareils.

– Ça, c'est pour Hexerine, s'amusa Madame Catherine tendant une boîte de charbons ardents.

– Ouah, trop cool !

– On a en trois boîtes !

– Alors là, vous taperez la bise pour moi à Lucullus. Il n'a pas donné un truc à la Catoche ?

– Nan.

– Oh, fit Hexerine déçue. On partagera.

– Nan, mais la dame de la cuisine, elle a donné ça pour la patronne.

Rat Chitique donna trois boîtes à Madame Catherine. Ou Rat Telier. On ne sait toujours pas.

– Ouah ! Des lunettes ![10]

– On a apporté de bonnes nouvelles alors ? dirent en chœur les deux… les deux… les deux quoi.

– Ah mince, on allait oublier, s'interrompit l'un d'eux. On a ça pour le cheval.

– Une botte de carottes ! Regarde Julot, Margaux a pensé à toi !

L'âne qui suivait les deux amies hennit de joie.

– Vous avez apporté de très bonnes nouvelles. Mais vous avez vu quoi ?

---

[10] Pâtisserie fort célèbre.

Les deux entreprirent de décrire le peu qu'ils avaient pu observer : une vache violette et une bonne odeur dans la cuisine. Un garçon qui aide à la cuisine, une petite qui fait les travaux de ménage avec une dame «un peu maniaque je dirais», commenta l'un ; des femmes qui préparent des trucs dans l'officine et des qui les vendent par une petite ouverture aux gens qui viennent ; une qui se promène arme à la main ; une autre qui coud ; le guet qui guette.

– Normal quoi. Merci bien de votre venue.

– Ben, y'a pas de message ? fit l'un déçu.

– On a le temps ? demanda Madame Catherine.

– Ouais, vas-y. La forêt n'est pas loin, je vois la cime des arbres, on y sera dans une heure. Julot, tu peux manger un peu de carottes.

Les deux... les deux... s'assirent et observèrent Madame Catherine écrire. Ils apprécièrent son écriture : hachée, rapide, petite, difficile à déchiffrer.

– Elle écrit bien, fit l'un à l'autre.

Ce dernier acquiesça par un hochement de tête.

– Voilà. Un courrier pour la princesse et Haldebarde ; un autre pour le bordel et un pour le capitaine du guet.

– Ouah ! Trop cool !

Ils se levèrent, saluèrent et s'enfoncèrent dans le sol.

– Belle invention, analysa Hexerine. Ça dit quoi ?

– Alors : au bordel, tout va bien. Calme plat. Sapho semble avoir surmonté sa peur. Esméralda lui fait ses soins. Adalinde et Yselda ont mis en place un système de retrait des médicaments sans que les gens entrent comme ça les malades peuvent se soigner. Mélissandre prépare les commandes avec Sapho. Gudrun garde et Dadou coud. Des vêtements pour enfants a priori. Margaux cuisine pour le dispensaire et l'orphelinat. Le prévôt est passé pour voir si tout allait bien. A priori, il y a cinq Tanneurs du fond du monde qui sont portés disparus.

– Pas pour tout le monde, s'amusa Hexerine.

– Et Suzy apprend à la petite à devenir une bonne ménagère. Ah, Adalinde ajoute que les enfants n'ont pas de prénom. Enfin, ils ne s'en souviennent pas.

– Bah, elles vont bien trouver. Et du côté du château ?

– Alors, ils ont tout fermé. Haldebarde a monté un treuil pour les visiteurs. Le prévôt l'a testé. Apparemment, ça marche. Et ils ont rencontré les croisés.

Elle s'arrêta.

– Oui ?

– O'Solemio manquait à l'appel et O'Percule passe par le chemin le plus long.

Hexerine fixa son amie.

– Pas con, s'ils sont tous de son acabit, il peut arriver avant eux.

– Je suis Rital et je le reste et dans le verbe et dans le geste[11] !!!! chantait une voix au loin.

– Ah, je crois que nous avons retrouvé notre chaînon manquant. Malin, le gars, il passe par le raccourci.

– En même temps, c'est le seul sans vassal.

– Bien le bonjour, péquenaudes !

Hexerine avala un charbon ardent pour éviter d'être grossière.

– Vous campez ? Rien ne vaut l'odeur de la nature, loin du purin ! Ça doit vous changer ! Je suis le sieur O'Solemio !

– O'Livenoire et O'Liveverte, répondit aimablement Madame Catherine devant les yeux médusés de son amie.

– Et que font deux O'Live dans ce royaume ?

– On fait du camping. Nous nous délassons après de durs labeurs.

– C'est bien.

– Et vous ? demanda-t-elle sentant que c'était la question qu'il fallait poser.

---

[11] Le Rital, Claude Barzotti

– Je vais pour affaires chez O'Monbeausapin.

– Oh, que voilà un sieur important.

Il se rengorgea.

– Je vous laisse manantes, le devoir m'appelle.

– Voilà, c'est ça, grommela Hexerine.

– Il va négocier le rachat de l'œuf, déduisit Madame Catherine.

– Il va finir au cachot, prédit Hexerine. Bon, on y va.

Les deux femmes marchèrent encore pendant une bonne heure avant d'atteindre l'orée de la forêt enchantée où elles firent halte.

– On va s'installer ici. C'est à l'abri du vent. Je vais préparer le feuillet.

Pendant que son amie vaquait à la mise en place du confort de base de tout campeur, Madame Catherine s'occupait de l'intendance. Elle soulagea Julot de son fardeau, sortit les couchages et allait allumer un feu quand un bruissement de mécontentements l'alerta.

– Hex !

– Ouais, j'ai entendu.

– On fait quoi ?

– Ben on allume un feu.

Nouveau bruissement plus violent.

– J'ai comme l'impression qu'on ne peut pas.

– Catoche ! C'est une forêt ! Non, mais oui, d'accord, se resigna-t-elle, pas de feu.

– Sandwichs alors.

– Tu en as ?

– Tu as déjà vu Margaux préparer les sacs sans penser à tout ?

Elles dégustèrent leur repas dans le noir, en observant les alentours, puis se couchèrent. Alors qu'elle lévitait profondément, Hexerine perçut de légers gémissements. Ouvrant un œil, elle comprit d'où venait le problème, redescendant de son nuage de rêves, elle fouilla dans son sac, attrapa quelque chose en tissu bourré de paille — prototype d'une poupée —, la glissa entre les bras de son amie et se recoucha. Madame Catherine rencontrait toujours des difficultés à s'endormir dans une forêt. Son amie lui avait confectionné « un attrape cauchemar qui rassure » et depuis, elle s'en servait systématiquement. Les premières lueurs du jour surprirent les deux femmes dans un sommeil sépulcral. Hexerine fut la première à s'étirer lentement pour ne pas tomber. Une fois les pieds au sol, elle s'occupa de Julot, puis commença à préparer un feu.

– Oh, eh, c'est bon, rouspéta-t-elle. On ne va pas mettre le feu à la baraque non plus ! Passe un repas froid, mais pas le petit-déjeuner !

– Un coup de vent est si vite arrivé ! fit remarquer une voix.

– Non mais, où vous sentez du vent ? Y'a pas une brise à des kilomètres à la ronde !

– Vous pourriez au moins respecter le lieu !

– Mais je respecte ! Je respecte ! Vous pourriez me faire confiance !

– À un être humain ?

Elle allait répliquer quand elle se ravisa.

– Non, c'est bon.

– À qui parles-tu ?

– À la forêt.

– Bien sûr.

– Si ! Elle ne veut pas qu'on allume de feu !

– Ben, pour le petit-déjeuner !

– Nan. C'est verboten.[12]

Son amie regarda alentour.

---

[12] Interdit en allemand.

– Bon, ben on va faire avec les moyens du bord. Aurait-on droit à une flammèche ? demanda-t-elle courtoise.

– Une flammèche ?

– Oui, une petite flamme.

– Petite comment ? insista la forêt suspicieuse.

Madame Catherine écarta faiblement les doigts.

– Pas plus ?

– Non, ça ira.

– Tu m'expliques ?

– Je vais me chauffer les mains.

– Bien sûr.

– Hex ! Allume une flammèche.

Elle s'exécuta et vit son amie placer ses mains au-dessus du feu. Après un temps variable, Madame Catherine lui indiqua un sac contenant des graines odorantes.

– Oh ! fit une Hexerine aux anges, comprenant enfin.

Elle glissa quelques graines dans les mains de son amie qui les fit fondre pour les verser dans un bol que lui tendait Hexerine. Cette dernière prit alors du lait en poudre non aromatisé, le versa sur les graines fondues, prit de l'eau et mélangea le tout. Les mains de Madame chauffèrent le tout sous yeux gourmands de son amie.

– Prends une lunette avec, ce sera meilleur.

– Tu prends quoi ?

– Du café. Du Robusta® avec du lait.

Dans un silence religieux, elles apprécièrent leur breuvage sous le regard intrigué de la forêt.

– Ça sent bon.

– Café et chocolat, expliqua Madame Catherine. Ce sont des boissons qu'on ne peut pas avaler froides.

– Donc vous les avez chauffées.

– Oui.

– Mais alors ! Vous ne pouvez pas passer ! Vous devez contourner !

– N'importe quoi ! s'énerva Hexerine. D'accord, on est des humains, mais y'a humain et humain.

– Comme il y a forêt et forêt, conclut Madame Catherine.

Hexerine regarda, étonnée, son amie.

– Vous n'êtes pas une forêt habituelle, poursuivit cette dernière. Dense, touffue, arbres hauts et une senteur particulière que je ne reconnais pas.

– Ah, ça, c'est moi, fit une plante s'approchant.

– Une tulipe ! s'extasia Hexerine.

– Je ne crois pas, rectifia Madame Catherine. Vous en avez la forme, mais pas l'odeur.

– Je suis une orchidée. Sympodiale, car je viens du sol.

– Alors que moi, je suis un épiphyte ! annonça fièrement une Angraecum sesquipedale.

Les deux femmes étaient bouche bée.

– Vous êtes superbes, les complimenta Madame Catherine.

Les mots manquèrent aux deux femmes quand, pénétrant dans la forêt bol en main, toutes les orchidées se présentèrent. Quand le moment du repas de midi sonna, elles discutaient avec des Oncidium.

– Jamais vu quelque chose d'aussi fantastique ! s'enthousiasma Hexerine.

La forêt se redressa de toutes ses cimes et s'enfonça de toutes ses racines.

– Nous sommes très anciennes.

– De quand ?

– Du Déluge, à peu près.

– Tiens comme Éros !

– Qui est-ce ?

– Un poisson-ogre. Il est arrivé avec les dragons.

L'ambiance humide et chaude se refroidit nettement.

– J'ai dit un truc ?

– Vous avez prononcé le mot tabou.

– Ah non, j'ai parlé d'un dragon, pas d'un tabou.

– Hex, je crois que c'est ça le mot tabou.

– Quoi ? Dragon ?

– Hex…

– Oh, pardon. Mais je ne vois pas pourquoi c'est tabou.

– Parce qu'il est lié à ce que vous savez.

– À ce qu'on… Ah, au f..

Madame Catherine mit la main sur la bouche de son amie avant qu'elle ne prononce le mot. Elles se turent, réfléchissant.

– Elles ne vont pas pouvoir nous aider.

– J'en ai peur.

– Vous aider ? Vous êtes venues chercher de l'aide ?

– Ben, on prend ce qui vient.

– Expliquez-nous.

– Ouah ! Vous êtes ? s'interrompit Madame Catherine, éberluée par la beauté de l'orchidée.

– Un Paphiopedilum. Nous sommes toute une famille. Donc ? En quoi aurions-nous pu vous être utiles ?

– Nous cherchons un dr... Un truc qui fait des choses que vous craignez.

Il fallut un peu de temps avant qu'un Dendrobium fasse la traduction.

– Pourquoi ?

– Parce qu'on voudrait qu'il arrête.

Un silence lui répondit.

– Ah, qu'est-ce que j'ai encore dit !

– Que vous vouliez l'arrêter.

– Oui, et ?

– Nous sommes étonnés de cela. Les hommes détruisent, non ?

– Ça tombe bien, on est des femmes.

– Des femmes qui vont aller ranger leurs affaires si on veut traverser avant la nuit, conclut Mme Catherine.

– Exact.

Elles retournèrent près de Julot encadré des deux... des deux... enfin voilà.

– C'est nous !

– Vous n'êtes pas entrés ?

– On n'a pas le droit.

– Trop chaud, expliqua le deuxième.

– C'est de qui ?

– De la princesse.

« Madame Catherine, Hexerine,

Cette nuit, j'ai été appelée sur le chemin de ronde. Des ombres attendaient devant le pont. Une femme était à leur tête. Je suis descendue par le treuil au grand dam d'Haldebarde. Je me suis approchée et la femme a dit "ils sont à vous, prenez-en soin". Le Ils sont quatorze enfants de tous âges, en guenilles, affamés et mal traités. J'ai fait ouvrir. Ils sont couchés, dorment à peine, sans doute par crainte. Que dois-je faire ? ».

Madame Catherine prit sa plume.

« Princesse,

Vous avez agi selon votre cœur. Ces enfants viennent du bordel du fond du monde et la femme que vous avez croisée est l'Ogresse. Ne lui jetez pas la pierre, elle a eu son content de violences. Occupez-vous des enfants. Décrassez-les, nourrissez-les. J'écris au bordel pour que mes filles vous viennent en aide.

Hexerine vous salue ».

« Sapho,

Prépare des onguents pour les enfants du fond du monde. Dis à Suzy de faire parvenir à la prince… Non. Prenez le souterrain. La princesse doit laver quatorze enfants, les nourrir, les soigner et les habiller. Arrangez-vous entre vous pour décider qui y va. Le souterrain est sûr. Hexerine ajoute qu'Haldebarde a enlevé le plus gros. Ces enfants ont souffert atrocement, soyez là pour eux. Pour déclencher le tapis courant, faites tinter la sonnette à l'entrée du souterrain.

Nous sommes proches du but. Nous serons là en fin de semaine. Ah, dis à Gudrun de crier "ROUGETTE" depuis le jardin.

Madame Catherine. »

« Monsieur le Prévôt,

Faites envoyer le guet au fond du monde. Il trouvera l'Ogresse sans doute poignardée, voire pire. Ne la jugez pas. Elle a délivré, cette nuit, les enfants du fond du monde. Ils sont à l'abri au château. Donnez à l'Ogresse une sépulture digne, sa vie a été dure, trop dure, elle ne pouvait que devenir Ogresse. Passez à l'officine, Margaux vous paiera la somme exigée par les fossoyeurs. Rendez-lui un hommage public. Il faut damer le pion aux Tanneurs du fond du monde. Montrez que nous faisons la différence. Montrez que désormais, ils n'ont plus voix au chapitre. Hexerine et moi, on s'occupera d'eux à notre retour.

Quant à notre Quête, elle avance. Nous serons là dans une semaine.

Bien à vous,

Madame Catherine. »

Voilà. Cela me semble clair.

– Dis merci à Margaux pour avoir pensé à tout.

– Messieurs, au travail !

Les deux se mirent au garde-à-vous et disparurent.

– Euh, c'était qui ? s'enquit la forêt.

– Des SMS.

– Ah.

– Vous prenez soin des autres, on dirait, dit un Dinizia Excelsa. Nous voyons peu d'humains, mais nous entendons nos frères des autres contrées pleurer la perte d'un des leurs. Nous sommes les derniers de notre race et nous craignons l'homme. Pourtant, je n'ai pas peur de vous. Du soldat qui vous a précédées, oui. Il a taillé les fougères gênant son passage avec force et violence. Mais pas vous. Vous êtes entrées sans rien abîmer. Vous avez observé, senti, apprécié. Que pouvons-nous faire pour vous ?

Hexerine prit la carte.

– Voilà. Ça, c'est l'endroit où... C'est le but de notre Quête, se reprit-elle. Ici, et ici, ce sont les points de destruction. Nous savons que le sieur O'Monbeausapin a l'œuf... de notre Quête. Nous, on veut lui rendre pour que notre Quête arrête de tout cramer. Sauf que l'on ne comprend pas comment ça marche. Sauriez-vous ce qu'il y a de l'autre côté de vous ?

– Je vais poser la question.

Un bruissement de feuilles se répandit dans tout l'espace, traduisant la pensée humaine.

– Remontrez-moi la carte. Alors, là, il y a des champs. Là, des champs. Là, des champs et là...

– Des champs, le coupa Hexerine. Des villages ?

– Aucun. Les villageois ont dû partir.

Les deux amies restèrent penchées sur la carte sans rien dire. Madame Catherine prit une lunette et tendit un charbon ardent à son amie. Elles mâchouillèrent leurs gâteaux quand la lumière se fit.

– Mais quel salopard ! jura Hexerine qui venait de comprendre.

– Je confirme. Lui, le fond du monde lui aurait convenu.

– Finalement, ce sera plus facile.

– Tu crois ?

– Certaine.

– Euh, pardon, toussota la forêt.

– Ah, oui, scuse. On était parties du principe que O'Monbeausapin avait pris l'œuf pour l'offrir à la fille de Faber Gé. Mais, non, c'est pire ! Il s'en sert comme otage !

– Je crains que nous ne comprenions pas.

– En offrant l'œuf à la seigneurie voisine, poursuivit Hexerine en montrant la carte, il s'arrogeait les droits sur les terres là et là. Mais on faisant br... enfin, en détruisant les villages là, là, là et là, ils les transforment en champs !

– Et ce n'est pas bien ? En dehors, de tuer des personnes, bien sûr.

– Pire. Il asservit toute la zone.

– Mais où trouve-t-il ses villageois ? questionna Madame Catherine.

– Peut-être qu'il n'en a pas tué tant que ça.

– Ou qu'il a des bœufs.

– Trouvé ! Des bœufs ! Le gars a investi ! Très futé. Il détruit, plante et récolte.

– Décidément, je ne comprends pas, se résigna l'arbre.

– Les terres sont soumises à des impôts. Mais elles produisent. Les produits sont vendus et finissent dans les caisses en monnaie sonnante et trébuchante. Avec de l'argent, il achète des bœufs, qui vont aller plus vite et rebelote.

– Sans compter qu'il peut distribuer des terres à des vassaux, continua Madame Catherine. Et ici et ici, on a le roi de France et là, le roi d'Angleterre. Ce n'est pas l'œuf pour la gloire qu'ils veulent, mais pour contrer O'Monbeausapin. Pour éviter qu'il se la joue solitaire.

– Cet homme va déclencher une guerre ! s'insurgea la forêt.

– Il s'en fout. Avec les arbres morts, il a forgé des armes. Il doit être prêt ou pas loin. Il est temps qu'on aille lui expliquer la vie à celui-là, hein Catoche.

– Absolument. Il y a des choses plus importantes que le blé dans la vie.

– Ça dépend si tu es une poule ou pas.

La blague d'Hexerine déclencha l'hilarité de tous les feuillus et des orchidées. Elles quittèrent une forêt ravie de leur passage.

– Bon, ben salut !

– Enchanté de vous avoir découvert, dit Madame Catherine.

– Enchanté ! Enchanté ! Chanté ! Chanté ! Té ! Té, répondit la forêt d'aussi loin que la canopée le permettait.

– Finalement, cette forêt est bien enchantée ! blagua Hexerine.

– Hex ! Elle est surtout magnifique.

– Tu aurais bien rapporté quelques fleurs, hein, avoue.

HI HAN HI HAN

– Eh oui, mon Julot, la Catoche a failli remplir ta besace ! Mais fais-lui confiance ! On va revenir avec des merdasses quoiqu'il arrive.

– Des bibelots ! Pas des merdasses !

– Si tu le dis.

†

– C'est nous !

– C'est nous !

THING !

– Arrête de me répéter !

Les deux tendirent leur courrier à la princesse qui salua par une révérence.

– Haldebarde ! appela-t-elle depuis la cour, les filles de Madame Catherine vont venir.

– Ah, ne put s'empêcher un garde.

– Pour s'occuper des enfants, précisa la princesse sourcils froncés par le mécontentement.

†

– C'est nous !

– C'est nous !

– Arrête de me répéter !

– Je te répète pas !

– Je sais pas ce que vous faites, répondit Suzy, mais va falloir trouver un système pour signaler votre apparition ! Je manque de mourir de peur à chaque fois !

– Pardon, fit l'un la tête rentrée dans les épaules.

– Bon, ça va pour cette fois, bougonna Suzy touchée par la repentance.

Sapho prit le courrier.

– Gudrun siffle tout le monde, veux-tu ?

Le coup de sifflet strident de la géante fit sursauter toutes les catins.

– Mélissandre, Esméralda, vous allez au château par le souterrain ; Suzy aussi, il y a quatorze enfants à nettoyer.

– Ils viennent d'où ?

– Du fond du monde.

– J'y vais également, se proposa Dadou, s'ils sont habillés comme les deux que nous avons...

– Très bien. Margaux, Madame Catherine souhaite que tu t'y rendes aussi.

– Pas de problème. J'emmène de quoi nourrir un régiment.

– Euh, perso…

Sapho sourit.

– Adalinde et Yselda, vous restez avec moi pour les soins. Gudrun…

– Oui ?

– Je… euh… Madame Catherine voudrait que tu cries ROUGETTE depuis le jardin.

– ROUGETTE ?

Sapho acquiesça. La géante haussa les épaules et fit comme il lui était demandé.

– Les enfants, vous venez aussi. Vos amis sont au château, votre présence les rassurera.

– Il faudra qu'on vous trouve un prénom tout de même.

– On est quel jour ? demanda Mélissandre.

– La Saint Marc.

– Pas terrible.

– Et que diriez-vous d'Yvain et Yvette ? proposa Mélissandre. Yvain, le chevalier au Lion. Yvette, la sœur d'Yvain.

– Yvette ? s'étonna une Dadou dubitative.

– Ben, je féminise.

Les enfants adoptèrent leur nouveau prénom, parce qu'ils étaient jolis à l'oreille. En moins d'une heure, le bordel était prêt.

– Vous êtes sûres que vous voulez y aller ? s'inquiéta Adalinde une fois devant le souterrain.

– La patronne a dit, donc on y va.

– Nous, on vous montre ! dirent les deux avec enthousiasme.

Les deux s'installèrent sur le tapis courant et invitèrent les catins à faire de même.

– On enverra le reste quand vous serez arrivées, sinon, cela risque d'être trop lourd, précisèrent les jumelles.

L'un d'eux fit tinter une clochette et le tapis s'élança. Suzy, seule, brisa le silence.

– Haldebarde a nettoyé le plus gros, le plus gros, marmonnait-elle en observant ce qu'elle ne voyait pas, Madame Catherine et moi, nous n'avons pas la même définition de la propreté.

– Ça va drôlement vite, constata Margaux un brin échevelée. Je passe la première, annonça-t-elle une fois arrivée. Je vous préviens, le premier qui m'agresse je lui fracasse le crâne avec mon rouleau à pâtisserie, tonna-t-elle gravissant l'entrée de la cheminée ! Madame Catherine maîtrise le hachoir, moi, c'est le rouleau !

Sa tête apparue progressivement dans le trou de la cheminée.

– Lili ! Tu vas bien ? fit-elle s'extirpant poussivement du conduit, enfin du foyer. Les autres suivirent et s'enthousiasmèrent du voyage et de l'accueil. La princesse les attendait en compagnie de Lili, Madelon et Haldebarde.

– Bon, ce n'est pas tout ça, mais on n'est pas venues s'amuser. Les filles avec moi, Margaux en cuisine, ordonna Suzy.

Il y avait quatorze enfants qui n'avaient jamais vu l'eau à décrasser. La princesse les conduisit aux bains.

– Merde, vous n'avez pas de ramasse poux.

La princesse les vit se concentrer.

– Vous n'auriez pas une autre bassine ? Genre moche et inutilisée ?

Lili partit aux cuisines et revint avec le petit con et une bassine. Il l'avait croisée alors qu'elle tentait de porter un objet trois fois plus gros qu'elle. Suzy, après une révérence, lui indiqua un coin.

– Bon, les enfants, il est temps.

Il était temps, selon eux, de rester dans leur coin. Ce furent Yvain et Yvette qui approchèrent doucement. Les reconnaissant les quatorze les entourèrent. Après un court conciliabule, ils acceptèrent d'aller chacun vers la bassine. Mélissandre tint un grand tissu pour masquer les corps nus tandis que Suzy aspergeait le premier enfant avec la poudre anti-poux. Les treize autres attendirent leur tour patiemment. Le petit con était parti pour mieux revenir : avec des paravents. La princesse jeta un regard étonné à son fils lequel haussa les épaules crânement. Surtout pour masquer sa transformation. La veille, il avait croisé en allant faire pipi les quatorze enfants et comme tout adolescent qui n'écoute rien de ce qu'on lui dit, il tendit l'oreille et surprit les propos échangés entre le soldat et sa mère. Alors qu'il retournait à sa chambre, ses yeux croisèrent ceux d'une enfant. Pas plus de cinq ans. Le désespoir qu'il y lut brisa la muraille d'indifférence derrière laquelle il s'enfermait. Par égoïsme, facilité. La nuit étant de bon conseil, c'était un petit con neuf qui se leva.

– Je vais aider les garçons à se laver.

Les catins s'inclinèrent par déférence. Il était un seigneur après tout. Esméralda s'offrit de lui montrer comment faire ce qu'il accepta avec le sourire. Quand la princesse sortit de la pièce, elle était toute tourneboulée. Son aîné, qui crachait dans la soupe de son frère, semblait prendre soin des petits, frottant doucement le corps meurtri des enfants.

– Mon fils aide Suzy, dit-elle, effarée en entrant dans la cuisine.

Margaux la regarda, farfouilla dans son sac qu'Haldebarde et deux gardes venaient d'apporter, puis prépara une boisson chaude.

– Tenez, buvez ça. Madame Catherine s'en fait toujours quand ça va pas.

– Qu'est-ce ?

– Alors, là, ne me demandez pas. Elles ont ramené ça d'un de leur voyage. Je trouve ça pas mauvais, mais je rajoute du miel pour donner du goût. Tu as du lait, Madelon ? Ça peut adoucir.

La princesse huma le breuvage et apprécia l'odeur et le goût.

– C'est agréable.

– Je vous en ai apporté pour les enfants. C'est Bleuette qui le fait, faut juste ajouter de l'eau. C'est très bon.

– Bleuette ?

– Une vache violette.

– Encore une pastille d'Hexerine, conclut Madelon.

– J'en ai peur.

– Et le souterrain, c'est comment ? s'enquit la cuisinière du château.

– Sombre, humide et avec une odeur de rance. Mais sinon, le voyage est agréable. Je ne serais pas étonnée que Suzy décide de le nettoyer !

Les deux femmes partirent d'un grand éclat de rire faisant sourire la princesse.

– Eh, ben, moi, je vais vous dire, on n'était pas trop de quatre ! Enfin, cinq, pardon, Monseigneur, se reprit Suzy, entrant échevelée dans la cuisine.

– Je dois reconnaître que tout cela est bien du travail, reconnut le jeune prince. Dadou, euh, puis-je l'appeler par son prénom ?

Suzy opina du chef.

– Dadou prend leur mesure pour faire des vêtements. Il y a juste… non, rien.

– Je vous en prie monseigneur, demandez.

– Pourquoi avez-vous brûlé la bassine des poux ?

– Le feu brûle les vermines, expliqua Mélissandre. Au bordel, pardon, à la maison, nous avons une bassine en fer.

– Les poux tombent dans un vide sanitaire. Après je mets le feu, compléta Suzy.

– Pardonnez-moi, fit timidement Lili, il me faudrait retourner au... elle s'interrompit en voyant Suzy lui faire les gros yeux... enfin, je dois y retourner pour chercher dans mes vêtements des choses pour les filles.

– Attends, fit le petit con qui n'en était plus un, on va aller au grenier. Nous devons bien avoir des affaires de quand vous étiez enfant, mère, non ?

– Je l'ignore.

– Sinon, ils prendront les vêtements de mon frère et moi en attendant.

Les deux adolescents partirent comme des fusées au grenier.

– Décidément, soupira la princesse qui se sentait perdue.

– C'est le deuxième effet « Madame Catherine-Hexerine », commenta Mélissandre. Avec elles, on sait d'où on part, mais on ne sait pas comment on y arrive !

†

– ROUGETTE ! cria de nouveau Gudrun.

Elle haussa les épaules, allait rentrer quand elle aperçut le prévôt les bras ballants devant la maison d'Anthelme.

– Monsieur le Prévôt ? Tout va bien ?

– Je l'ignore, répondit celui-ci s'approchant. Anthelme est passé ce matin à la prévôté en habit de croisé. Il accompagne le sieur O'Percule dans sa quête. Je ne vois pas bien pourquoi, mais il est venu me remettre une offre de vente à la princesse. Il lui vend la maison et tout ce qu'elle possède.

– Il lui vend sa maison ?

– Qui vend sa maison à qui ? demanda Adalinde passant la tête par la fenêtre.

– Anthelme à la princesse.

– Ah. On a un courrier pour vous de la part de Madame Cathe...

La catin s'interrompit. Un bruit de cloche se rapprochait accompagné d'un meuglement. Intriguées les catins sortirent dans le jardin pour voir arriver une vache rouge.

– Rougette donc, souffla Yselda. Tout est normal.

– Elle va faire du lait rouge ?

– J'en doute, répondit-elle à sa jumelle, Bleuette fait du lait marron, on peut s'attendre à tout.

Le prévôt était resté béat devant la couleur du bovin.

– N'oubliez pas votre courrier !

– Je euh oui !

Il les salua, lut tout en se demandant comment Madame Catherine avait pu lui envoyer un courrier dont la teneur le fit plus courir que marcher jusqu'à la prévôté.

– Faites quérir le capitaine ! ordonna-t-il entrant dans son bureau.

– Monsieur le Prévôt ?

– Lisez !

– Je prends dix hommes et on y va, décida le capitaine après avoir lu.

– En douceur capitaine, en douceur. Inutile de briser la Trêve.

Quelques minutes plus tard, accompagné de son secrétaire et des soldats du guet, le prévôt prit la direction des Tanneurs. Les habitants de Zattise Zeqwestchen s'étonnèrent du passage de l'équipée, mais sans plus. Tout était possible dans le bled. Ils les virent franchir le mur d'un pas décidé. Pas qui inquiéta les Tanneurs. Surtout quand ils comprirent où ils allaient. La présence des deux religieux qui s'étaient joints en chemin n'était pas pour les rassurer. Le prévôt les avait fait mander pour la défunte. Enfin, au départ, il était passé à l'évêché et avait reçu une fin de non-recevoir.

– Non, mais vous n'êtes pas bien ! Chez les Tanneurs ? Et pourquoi pas aux Enfers !

– Ce sont des chrétiens !

– Ben tiens et moi je suis le pape ! avait lâché l'évêque.

Devant tant d'obscurantisme, il avait renoncé et s'était adressé aux moines du dispensaire qui complétaient l'arsenal de soins donnés aux pauvres. Madame Catherine, en tant que paria, s'occupait des parias et eux en tant que pauvres, des pauvres. Le père abbé accepta avec joie la requête du prévôt et nomma un de ses moines. Lequel suggéra d'être en binôme avec une moniale, ce que la mère supérieure du couvent accepta également. C'était cette équipée qui se présenta devant le bordel du fond du monde. Le spectacle qui les accueillit leur donna la nausée.

L'Ogresse était bien là. Pendue. La gorge tranchée et les viscères à l'air libre. Pendue pour que tous voient. Les Tanneurs du fond du monde sortirent de leurs bouges les armes à la main.

– Archers ! cria le capitaine d'une voix ferme.

Les archers se positionnèrent de telle sorte qu'ils ne franchissaient pas la limite. La limite. Une invention du roi des Tanneurs. Romulus et Rémus avaient fait de même. Mais à la différence des deux Romains, nul n'avait osé franchir le Rubicon. Le capitaine ainsi que deux soldats posèrent ostensiblement leurs armes avant de passer la limite, suivis des deux religieux et du prévôt. Le reste s'abstint. Protégés par les archers, les gardes dépendirent délicatement la femme tandis que les fossoyeurs arrivaient portant leur planche pour transporter le corps. Le moine étendit un linceul sur la planche ; le capitaine allongea le corps. Et c'était là que les Tanneurs du fond du monde auraient dû se méfier. La foule s'était amassée, intriguée et angoissée. Les hommes s'étaient munis d'armes en tous genres pour soutenir le guet. Ce que n'avaient pas compris les criminels en face.

– Rependez-la ! ordonna l'un d'eux, ou il vous en cuira.

Le capitaine vit la foule. Armée. Il n'en eut cure. À un signe de lui, ses archers sèmeraient la mort. Le prévôt se tint un instant devant le cadavre et dicta à son secrétaire son compte rendu.

– Qu'est-ce que tu fous, prévôt ! Elle te fait envie ?

Un rire gras, grossier se répandit. Oui, mais seulement de l'autre côté du monde. Le capitaine remarqua le silence qui accompagna la remarque : méprisant, désapprobateur. « Le vent tourne » se pensa-t-il.

Le moine prit une capsule dans laquelle il y avait de l'eau bénite et sous les yeux ébahis des Tanneurs, il bénit la morte. La moniale fit de même et glissa un crucifix entre les mains de la défunte avant de refermer le linceul. Ce fut un drôle d'équipage qui quitta les Tanneurs. Un équipage qui se mit à entonner des chants religieux, les chants des défunts, repris en chœur par les Tanneurs. De toute sa vie, l'Ogresse n'avait connu que la violence et le dégoût ; le rejet et la honte. Dans sa mort, ce fut un quartier qui l'accompagna, avec la ferveur religieuse des chrétiens. Ce fut tout un quartier qui retrouva un peu d'honneur quand les religieux, avant de quitter les lieux, se placèrent de chaque côté de la rue et offrirent la bénédiction à ceux qui voulaient. Tous voulurent. Ce fut long et beau. Les fossoyeurs attendirent devant le mur que les religieux aient terminé. Longtemps encore, on entendit le chant des psaumes. Tout Zattise Zeqwestchen les entendit. Tous. Même l'évêque.

– Ben, au moins, ils savent faire autre chose que voler !

La procession se rendit au cimetière où l'Ogresse fut inhumée dans un trou surmonté d'une croix sur laquelle un fossoyeur avait écrit « Paix ».

– On ne connaît pas son nom, s'excusa-t-il.

Le prévôt fut piqué au vif par la remarque. Il se promit d'effectuer des recherches et de trouver le nom de cette femme. Il était très bouleversé : par les propos de Madame Catherine, « ne la jugez pas » ; par l'attitude des Tanneurs qui se comportèrent en bons chrétiens ; par les religieux qui les avaient traités comme des êtres humains ; par cette femme sacrifiée pour le plaisir de quelques-uns. Il l'aurait été encore bien plus, s'il avait vu ce que personne ne vit : l'âme de l'Ogresse, toute de bleu vêtue, sortir de la tombe, verser des larmes de tristesse devant le spectacle qui lui était offert – des inconnus qui pour la première fois voyaient l'être humain qu'elle avait été ou qu'elle aurait pu être. Il l'aurait été en voyant deux anges prendre la femme chacun par une main pour la conduire dans sa nouvelle demeure. Le fossoyeur le fut plus que tous quand le lendemain, il vit pousser des tiges sur la tombe. Il ne savait pas encore de quoi, mais il les laissa. C'était un homme de la terre : si elle faisait quelque chose, c'est qu'elle avait besoin de le faire, tel était son dicton.

Tourneboulé, le prévôt prit le chemin du château. Perdu dans ses pensées, il prit le treuil sans faire attention, en descendit sans saluer, suivit le garde qui le menait à la princesse sans porter la moindre attention à ce qui l'entourait. Une fois dans la salle, il s'assit sans attendre l'autorisation et resta silencieux. La princesse remarquant sa mine sombre se garda bien d'émettre le moindre reproche ou de formuler la moindre demande. Discrètement, elle montra son bol de café au serviteur qui était présent afin qu'il en apportât au prévôt. Ce dernier plongea ses lèvres dans la boisson, indifférent à tout, quand le goût le surprit et le ramena à la réalité. Il passa par toutes les couleurs quand il vit le regard bleu de la princesse posé sur lui.

– Je... Pardon. La journée a été longue.

Il reprit du café afin de se donner une contenance. Le petit con lui sauva la mise.

– Mère, puis-je aller au bordel avec Lili ?

La princesse ne put réprimer un hoquet de dégoût, qui fit lever les yeux au ciel de son fils.

– Pour aller dans la cave de Madame Catherine. On a besoin de lits pour les enfants.

– Et tu penses trouver cela dans la cave de Madame Catherine ? Quatorze lits ?

Il haussa les épaules.

– Lili dit qu'il y a de tout dans la cave. On pourrait trouver du bois et avec je pourrais construire un lit.

La princesse ne put cacher son scepticisme.

– Va me chercher les filles de Madame Catherine que je puisse décider en toute connaissance de cause.

– Merci de la confiance, bougonna le prince.

– Enguerrand ! Il ne s'agit pas de cela ! Mais j'ai cru comprendre que la cave était un peu dangereuse.

– N'importe quoi.

– Enguerrand !

Il râla, mais fit ce qu'on lui demandait. Les filles, à l'exception de Dadou et Mélissandre, se présentèrent, accompagnées d'Haldebarde.

– Mon fils souhaite aller au bordel, pas pour ça, compléta-t-elle voyant les sourires en coin. Nous avons besoin de literie et il a pensé qu'il trouverait de quoi faire des lits dans la cave de Madame Catherine.

– Je ne suis pas sûre que ce soit une bonne idée, commença Margaux. Madame Catherine est la seule à s'y retrouver.

– Ce serait mieux de lui demander avant, suggéra Suzy. Ne serait-ce que pour qu'elle indique où ce dont vous auriez besoin pourrait se trouver.

– On peut chercher ? proposa le prince.

– Votre Altesse, vous serez grand-père avant de trouver ce que vous cherchez.

– Mais...

– La dernière fois qu'elle est allée dans sa cave, Madame Catherine a retrouvé un chat momifié, expliqua Esméralda. Et pas parce qu'il venait d'Égypte. Parce qu'il n'avait pas trouvé la sortie.

Le prince les regarda stupéfait.

– Une fois, je suis descendue la chercher pour un malade, je ne l'ai pas trouvée. J'ai tout fait, impossible de lui mettre la main dessus. Quand elle est remontée, elle avait un mousquet dans la main et un crochet de pirate.

– Sauf qu'elle était descendue pour chercher des clous et un marteau.

– Mère, peut-être...

– Je vais lui envoyer un SMS.

– C'est nous !

– C'est nous !

TCHING

– Arrête de me répéter !

Le deuxième lui tira la langue.

– Avant que vous ne rédigiez, laissez-moi vous conter ma journée. Sinon, je n'aurai plus le courage.

La voix grave du prévôt interpella tout le monde.

– J'ai reçu ce matin un courrier de Madame Catherine. Elle me suggérait d'aller au fond du monde.

Il s'arrêta un instant le regard triste.

– Nous avons trouvé l'Ogresse. Morte. Exécutée. Selon la demande de votre patronne, j'ai fait inhumer le corps de cette malheureuse dans le cimetière. D'ailleurs, les fossoyeurs vont venir réclamer leur dû. Bref. Il s'est passé quelque chose d'étrange : les Tanneurs ont chanté les Psaumes des morts. Ils n'ont pas suivi le fond du monde. Ils étaient pourtant armés. Ils nous ont accompagnés jusqu'au mur. Je ne comprends pas, fit-il en regardant la princesse. Je ne comprends pas.

Tout le monde comprit qu'il était perdu.

– Ce sont des parias, des mauvaises gens, n'est-ce pas ? Pourquoi Madame Catherine a-t-elle voulu qu'elle soit en terre consacrée ? Cette femme a fait vivre le pire à des enfants.

– Parce qu'elle a vécu ce que nous avons vécu.

La voix était celle d'un des enfants. Ils étaient entrés, attirés par les voix.

- « Vous ne pourrez jamais me pardonner, personne ne le pourrait, même pas moi. Je suppose que j'avais le choix. Mais j'ai fait le mauvais. Personne ne m'a jamais appris ni aimée. Avant j'étais à votre place. Je le suis toujours même adulte. Je subis comme vous. Je crains de mourir. J'ai peur de l'Enfer. Mais j'ai peut-être une chance de changer cela. Il est peut-être trop tard pour me racheter, mais peut-être est-il encore temps pour vous. Je vais vous emmener au château. La princesse saura quoi faire. C'est une femme bien. Je regrette tout le mal que je vous ai fait. Je le regrette, mais je ne peux l'effacer. Par contre, je peux arrêter vos souffrances. Venez. » récita l'enfant.

Les adultes étaient émus, très.

– Peut-être que si l'Ogresse d'avant avait fait comme elle, elle ne serait pas devenue une Ogresse, dit une autre voix d'enfant.

– Est-ce qu'on va devenir comme elle ?

La princesse se leva et se mit à genoux devant les enfants.

– Nous ne pourrons pas effacer vos douleurs ni le mal qui vous a été fait. Mais ensemble, on pourrait essayer de vous donner une meilleure vie.

– Pourquoi elle a fait ça maintenant et pas avant ?

– Je ne sais pas.

– Elle a vu Madame Catherine, c'est une putain aussi et après, elle nous amène ici ! cracha un enfant. Pourquoi elle ne l'a pas fait avant! Pourquoi votre mère putain n'est pas venue avant !

La colère était palpable.

– Parce que ça n'aurait rien changé, répondit le prince. Les choses doivent arriver en leur temps. À un moment que Dieu a choisi. À un moment où on est réceptif. Où on comprend les signes. Peut-être que Madame Catherine est venue, mais l'Ogresse n'était pas prête. Peut-être qu'elle craignait trop de mourir dans la souffrance. Mais, hier était le bon moment. Hier, Madame Catherine lui a parlé et elle a entendu. Cette nuit, elle s'est sacrifiée pour vous. Ça n'efface rien, mais cela la rachète un peu. Cela veut dire qu'elle avait un cœur. Enfoui, mais un cœur quand même. Les brigands qui ont attaqué le château n'avaient pas de cœur. Rien ne les aurait arrêtés. Rien.

– L'être humain est fait de changements. Certains se repentissent, d'autres sont incurables, dit Haldebarde prenant sa suite. Les Tanneurs du fond du monde sont la lie de l'humanité, mais si ce que le prévôt a dit est vrai, alors cela va changer. Au retour de Madame Catherine et d'Hexerine, cela va changer.

– Et nous ?

– On va prendre le temps de voir ce que nous pouvons faire pour vous. Faire ce qu'il y a de mieux. Et cela va commencer par de nouveaux vêtements, parce que là…

Les enfants sourirent en voyant leur accoutrement respectif. Dadou avait fait de son mieux, mais rien n'était à la bonne taille. Trop court, trop long, couleurs dépareillées.

– Que va-t-on faire maintenant ?

– Maintenant, vous allez en cuisine goûter un nouveau breuvage qui réchauffe le ventre et apaise les peurs, décida Margaux. Moi, je vais retourner au bordel préparer des gâteaux avec Yvain. Suzy et Yvette vont rester pour s'occuper de vous. Esméralda et Mélissandre vont revenir avec moi pour prendre les tissus dont on va avoir besoin.

– Dans ce cas, Lili et moi, on va faire un brin de nettoyage du souterrain ! Parce que si on doit s'en servir la semaine, j'aimerais autant ne pas être accompagnée d'insectes !

– J'ai tout nettoyé en passant le premier ! s'offusqua faussement Haldebarde.

– Mais oui, mais oui. Y'a nettoyage et nettoyage !

– Je vais écrire à Madame Catherine, se décida la princesse. Prévôt ?

– Oui, oui, faites, on verra notre deuxième problème après.

– Deuxième problème ?

– Anthelme.

– Je vous écoute.

Personne ne quitta la pièce.

– Il est parti en croisade avec le sieur O'Percule. Avant, il est passé à la prévôté pour déclarer qu'il vous laissait tous ses biens, à savoir sa maison et ce qu'elle contient.

– En quoi est-ce un problème ?

– Parce qu'il passe au-dessus des échevins ! Le bourgmestre est prioritaire quand il s'agit des biens de la ville. Vous lui avez octroyé cela en échange de la justice.

– Dans ce cas, on lui donne la maison.

– Ce n'est pas aussi simple. Anthelme a exigé que vous soyez l'acheteur. C'est écrit, on ne peut revenir là-dessus.

– Je vais refuser, c'est tout.

– Vous ne pouvez pas, vous êtes le seigneur.

– Dans ce cas, achetez, et donnez-la à quelqu'un de la ville, suggéra le prince.

– Oui, mais à qui ? Il faut que le choix soit judicieux.

Chacun se tut.

– À Madame Catherine, je ne vois qu'elle, fit la princesse.

– Mère ! Le bourgmestre risque de ne pas apprécier.

– Votre fils a raison.

– Oui et non, intervint Haldebarde, pardon, je...

– Je vous en prie, expliquez-vous.

– La maison est voisine d'Anthelme. Personne ne voudrait s'installer à côté d'un bordel.

– À moins de transformer le bordel en autre chose ! s'exclama le prince.

– Enguerrand !

– Mais si ! Je ne dis pas de le faire pour de vrai ! Mais, imaginons. Vous prenez la maison de cet Anthelme. Vous la rachetez et la revendez à Madame Catherine en exigeant qu'elle change de métier.

– Je peux tout aussi bien l'exiger en disant que je vends à quelqu'un d'autre.

– Mince.

Le prince se renfrogna.

– En fait, commença Margaux, peut-être que l'idée de Son Altesse n'est pas si mauvaise. Je veux dire, rougit-elle voyant qu'elle était le centre de l'attention, notre officine est petite par rapport à la quantité de soins.

– Personne ne veut soigner les Tanneurs, continua Esméralda ayant compris le raisonnement de la cuisinière. On manque de place, les Tanneurs peuvent répandre les maladies — c'est ainsi qu'ils sont perçus — vous donnez à Madame Catherine un espace plus grand…

– Pour protéger la ville des maladies ! termina le prévôt enthousiaste. Le bourgmestre dont le bilan est nul ne pourra s'y opposer.

– D'autant que cela fait un moment qu'il lorgne le bordel, ajouta Suzy.

– Oui, il ne cesse d'augmenter les impôts, confirma Margaux, en espérant pouvoir nous le confisquer en cas de non-paiement.

– Vous lui coupez l'herbe sous le pied ! Alors, ça, c'est une idée de génie ! cria le prévôt s'étirant de plaisir.

– Oui, alors, je vais tout de même en parler à Madame Catherine avant.

– Eh bien, posez la question dans votre message !

La princesse sourit en voyant le prévôt dans un autre état d'esprit. Elle prit le parchemin que lui tendait son fils et commença sa lettre.

– Bon, allez, la troupe, on a tous à faire !

†

– C'est nous !

– C'est nous !

– Arrête de me répéter !

– Hein que je le répète pas ?

– Arrêtez de vous disputer, les gronda Madame Catherine. Nous sommes contentes de vous voir tous les deux.

– Ah oui ? se moqua Hexerine.

– Des nouvelles ? Alors, lut la maquerelle assise sur une souche, le prévôt a trouvé l'Ogresse.

– Morte, j'imagine.

– Exécutée de vile façon, oui. Il semble très affecté par son passage par les Tanneurs.

– Je peux imaginer.

– Anthelme est parti avec O'Percule et a laissé ses biens à la princesse. Qui me demande si je ne voudrais pas racheter la maison pour couper l'herbe sous le pied au bourgmestre. Patati patata. Ah d'accord. On agrandirait l'officine.

– Ce qui emmerderait sérieusement le bourgmestre.

– Pourquoi a-t-elle pensé à moi ?

– La maison est voisine. C'est logique. Tu tiens un bordel, je te rappelle. Pas le genre de voisinage qu'on apprécie.

– Je suis sûre que je pourrais avoir des voisins normaux !

– Bien sûr avec les Gémonies en face ? Les Tanneurs pas loin ?

– Pourquoi Anthelme a-t-il mêlé la princesse à cela ? Il aurait dû passer par les échevins.

– Il ne peut pas blairer le bourgmestre. Il lui reproche ton installation.

– Oh, ben, eh, avec ce que je donne aux impôts ! Elle est pratique la paria ! Je remplis les caisses du bled.

– Ouais, un bordel reste un bordel. Peut-être aussi qu'Anthelme n'a pas envie que le bourgmestre mette le nez dans ses affaires, reprit Hexerine après un temps.

– Du genre ?

– Du genre, des trucs pas catholiques. Anthelme ne part pas pour mourir, donc si on apprenait en fouillant ses affaires qu'il n'était pas net…

– On pourrait l'arrêter !

– Et adios la gloire ! Et puis, il y a des chances qu'il soupçonne la princesse d'être logique. Donc de te vendre à toi.

– Et comme je suis une paria, si je trouve un truc louche, je ne peux rien dire.

– CQFD.

Elles remercièrent les deux de leur message et envoyèrent une réponse à la princesse. « J'accepte de reprendre la maison d'Anthelme. Votre prix sera le mien. Quant aux lits, je dois en avoir un ou deux, au fond à droite. Mais tout au fond, derrière un immense miroir noir à gauche d'un arrosoir et à droite d'un paquet de moellons. Sinon, j'ai plusieurs lits de camp. À gauche de la porte d'entrée, tout à gauche près d'une horloge comtoise. Si vous n'y voyez pas d'inconvénients, j'aimerais que ce soit Haldebarde et Gudrun qui effectuent les recherches, des fois que je me sois trompée. J'ai des arbalètes et une baliste chargées dans la cave, mais je ne me rappelle plus où. Donc voilà. Nous sommes arrivées dans les terres du sieur O'Monbeausapin. Madame Catherine et Hexerine. PS Que personne n'entre dans la cave d'Anthelme. Ni dans sa maison rajoute Hexerine. On vous laisse, on arrive. »

†

– C'est joli un champ de blé.

– Au bout de trois, c'est un peu monotone, fit remarquer Hexerine. Oh, regarde, un épouvantail !

– Tremblez femelles !

– Ah, il parle, c'est nouveau. Nom d'une merde en bois !

Les deux femmes étaient devant un épouvantail, oui, mais un épouvantail de triste augure.

– Pas mieux, répliqua Madame Catherine.

– Tremblez femelles ! Vous qui venez troubler mon repos ! Repartez d'où vous venez ou vous finirez comme moi !

– Ça, mon gars ce n'est pas possible.

– Si ! Engeance malfaisante !

– Oh, eh, on peut être poli aussi !

– Oh, et puis merde, fit l'épouvantail. J'y arrive pas. J'ai beau essayer, j'y arrive pas.

– Non, mais, ce n'est pas grave, le consola Madame Catherine, ça arrive aux meilleurs. Nous ne sommes pas un bon public non plus.

– Vous êtes aimables, mais je n'y arrive pas.

– Vous n'arrivez pas à quoi ? questionna Hexerine.

– À faire peur.

– Ben, vu votre tête, je ne vois pas un seul oiseau ! C'est que ça marche.

– Ah oui, mais je suis censé faire peur aux hommes. Les oiseaux, ils ne sont pas cons, ils se sont barrés avec l'arrivée du dragon.

– Vous l'avez vu il y a longtemps ?

– Vu et senti ! Vous pensez bien que dans ma vie, je n'avais pas cet aspect-là. Il a brûlé le village voilà trois semaines.

– Pourquoi êtes-vous là ?

– Parce que le seigneur a décidé d'empaler les morts pour faire fuir les vivants.

– C'est fort peu catholique.

– Comme vous dites.

– Et vous êtes combien ?

– Je ne saurais vous dire. Ceux qui ont fini en cendres sont répandus dans les jardins comme engrais. Les comme moi qui ont brûlé, mais pas complètement, on est exposés un peu partout.

– Bon. On va arrêter les conneries, hein, Catoche, annonça une Hexerine agacée.

– Entièrement d'accord. Il est temps de vous enterrer.

– M'enterrer ?

– Ben, oui, faire une sépulture puis chanter les psaumes. Tout ça quoi.

– Vous… Vous pouvez faire cela ? s'étrangla d'émotion l'épouvantail.

– Oh que oui, on peut. On est allées au caté ! fanfaronna Hexerine.

L'épouvantail resta muet. Le corps calciné les fixait ne sachant ce qu'il devait dire.

– Dites, vous auriez pas connu un ermite dans le coin, par hasard ? questionna Hexerine.

Il soupira.

– Ouais. Il avait sa caverne dans la montagne du dragon. Il nous prévenait tous les ans « The Winter is coming » mais nous, on ne le croyait pas. Ben, maintenant, c'est trop tard.

– Vous êtes prêt ? interrogea Madame Catherine

– Il va se passer quoi ? s'inquiéta-t-il.

– Rien de douloureux. Vous allez entrer dans la paix du Christ.

– Ça va gratter un peu, précisa Hexerine. Parce que les galeries par lesquelles vous allez passer sont étroites, mais après, dans votre tombe, ça ira, vous aurez la place.

– Je vais revoir ma femme ?

– Vous reverrez tous ceux que vous avez aimés. Même la Normandie. Bon, évidemment, si vous avez fait des conneries de votre vivant, y'aura peut-être un passage au Purgatoire, mais sinon, ça devrait aller.

– Attendez ! Est-ce que vous voulez que je transmette un message ? offrit-il généreux.

Prise au dépourvu, Madame Catherine ne sut que répondre.

– Oui ! cria Hexerine, vous direz à la mère Michel qu'on a toujours son tisonnier !

– Hex !

– Quoi ?

– Elle s'en fiche qu'on ait toujours son tisonnier !

– Ben, ça m'étonnerait, vu qu'elle y tenait et qu'elle te l'a donné sur son lit de mort ! Allez, on y va. Bonjour à votre femme.

– Je n'y manquerais pas.

– aujenzjrnvzjeoqan, marmonna-t-elle tandis que son amie bénissait le front du corps.

Dans tous les champs alentour, on vit des termites attaquer le bois des pieux pendant que des taupes tiraient les corps dans des galeries nouvellement creusées. Une brise légère emporta avec elle les cendres des défunts vers les cimetières voisins. De nouvelles tombes fraîchement creusées par le bas apparurent et le doux chant des psaumes se fit entendre. Les âmes quittèrent cette terre, accueillies au ciel par les anges quelque peu dépassés par l'afflux.

– Attention, pas tous à la fois. On se met en rang, on respecte les gestes barrière et on donne son nom à Saint-Pierre quand on arrive.

†

– Oh un champ de blé ! Oh, un champ de blé ! Oh, un champ de blé !

Hexerine se moquait allègrement du paysage sous le regard amusé de son amie.

– Oh, des soldats ! Quelle surprise ! Julot, mon gars, c'est le moment.

Julot se coucha et se mit à ramper entre les épis, hors de la vue de la maréchaussée.

– Arrêtez-vous manantes !

– C'était bien la peine que Dadou nous fasse des vêtements neufs si c'est pour se faire traiter de manantes.

– Ça doit être les cheveux.

– Tu parles de moi, là ? réagit Hexerine faussement outrée.

– Arrêtez-vous ! Vous êtes sur les terres de O'Monbeausapin. Votre attestation !

– On n'en a pas.

– Vous ne pouvez pas circuler comme vous l'entendez sur les terres de O'Monbeausapin.

– Ah. Y'a pourtant pas de panneaux.

– Il y a les… Ben, où ils sont ?

– Vous cherchez quelque chose ?

– Des épouvantails.

– Pas vu.

– Ne vous moquez pas ! Il y en a partout ! On a eu assez de mal à les empaler ! Je me rappelle quand même !

– Pas vu.

– Mais ce n'est pas possible.

– Ben si.

– Emmenez ces femmes au seigneur. Deux hommes avec moi !

En grommelant, il partit à la recherche des épouvantails.

†

– C'est joli comme château, hein ?

– Oui, très original. Des douves, des tours, un chemin de ronde, des créneaux.

– Taisez-vous femmes ignorantes ! Vous insultez notre seigneur.

– Ah, mais pas du tout, hein Catoche ?

– Absolument. Nous admirions l'architecture. Rare.

– Et pis, tu as, vu, des merlons, des arbalétrières. Impressionnant.

– Sire ! Voici, les manantes !

– De quoi ?

– Elles erraient dans les champs de blé.

– Ah ah ! tonna d'une voix frelatée le seigneur du lieu. On veut me voler !

– Que voilà une vilaine accusation !

Les deux amies étaient dans la salle du trône. Facile à deviner vu qu'il y avait un trône au centre, sur une estrade pour qu'on le voie de loin. Dessus, un seigneur ventripotent des bras.

– Un ancien bûcheron, chuchota Hexerine à son amie.

Il n'était ni grand ni petit, vu qu'il était assis, portait la barbe courte et bien taillée. Son cou et ses mains étaient ornés de pierreries les plus chatoyantes les unes que les autres.

– Je sais pour quoi vous êtes là !

– Ah oui ?

– Oui. Pour les œufs.

– Les œufs ?

– Ne me prenez pas pour une bille ! Tous ceux qui viennent me voir sans attestation viennent pour me voler. Vous êtes comme les autres ! D'ailleurs, vous êtes qui ?

– O'Hisse et O'Tello.

– Eh bien, O'Hisse et O'Tello, vous allez rejoindre celui qui vous a précédées ! Vous croupirez dans mes geôles jusqu'à la fin de vos jours !!

– Ça risque d'être long. On pourrait les voir avant ?

– Ah ! Ah ! Je le savais ! Je suis trop fort ! Garde conduisez-les aux œufs puis aux geôles !

Il partit d'un immense éclat de rire fluet. Les deux femmes suivirent leur guide improvisé jusqu'à la salle aux œufs. Ils étaient là, énormes, posés sur un trépied.

– Ah, oui, y'en a deux. On nous avait dit un seul, fit Hexerine au garde en observant la salle aux œufs.

– Oui, oh, on est tombé dessus par hasard, hein. En allant chez l'ermite. Il avait plus de place, alors il a colonisé les caves voisines. Sauf qu'il y en avait une d'occupée. Il a profité de la visite d'un péquenot pour demander l'aide du seigneur. Et voilà.

– Vous les avez descendus comment ?

– Comme des tonneaux.

Les deux femmes firent la grimace.

– Et l'ermite vous les a donnés ?

– Ça lui a libéré deux caves ! Vous ne vous imaginez pas toutes les merdasses qu'il a cumulées pendant toute sa vie !

– J'en ai une vague idée, s'amusa Hexerine.

– Bon, je vous emmène aux geôles.

– Vous ne craignez pas qu'on vous les vole ? questionna Madame Catherine. Je ne vois pas de protection.

– Vous rigolez ? Vous savez combien ça pèse ?

– Non.

– Moi, non plus. Mais c'est lourd. Ça a roulé depuis le dessus de la montagne d'un bloc. En une fois. On a à peine eu le temps d'ouvrir les portes !

– Vous avez utilisé un treuil. Un voleur peut faire de même, commenta Hexerine fine observatrice.

– On a tué cinquante hommes à la tâche pour les faire tenir debout !

– Ah oui, quand même. Donc on ne peut pas vous les voler.

– Non.

– Vous ne craignez pas le dragon ?

Il rit en arrivant aux cellules.

– C'est de la pierre ! Y'a des douves ! Et il ne ferait pas ça. Sinon, on ferait une omelette de ses œufs ! Allez, bon séjour ! Vous avez un voisin un peu plus loin. On l'a mis dans le fond, loin des douves, il ne supportait pas le clapotis de l'eau.

– Revoir Venise et mourir ! entendit-on dans le fond.

– Ah, on sait où est O'Solemio.

– Oui, il n'a pas dû avoir des arguments convaincants.

– Surtout, pas d'attestation ! Elle est comment ta cellule ? demanda Hexerine à son amie.

– Humide, sombre et puante.

– J'ai la même !

– Madame Catherine ? Madame Catherine ? Hexerine ? Hexerine ?

– C'est moi ou on nous appelle ?

– Non, j'entends aussi. Tu attendais quelqu'un ?

– Pas spécialement, répondit Hexerine. Ça vient du dehors. Tu peux voir quelque chose ?

– Non, le soupirail est trop haut.

– Pareil. Oh, purée !

– Pareil ! s'exclama Madame Catherine. Tu as comme moi ?

– Ça dépend. Moi, c'est un tentacule avec un œil.

– Pareil.

– Rho ! Je vous ai trouvées ! Kraquette ! Je les ai trouvées ! Tout comme il avait dit !

– Euh, pardon, nous nous connaissons ? demanda aimablement Madame Catherine au tentacule.

– Oui ! Enfin, non. Vous connaissez mon mari.

– Ah, répondit-elle sceptique. Je ne me rappelle pas…

– Éros !

Hexerine et son amie prirent le temps de digérer l'information.

– Il m'a dit que vous passeriez dans le coin. Alors je vous guette. C'est mon beau-frère qui a entendu des voix, je me suis dit que ce devait être vous !

– Mais, que faites-vous…

– Ma sœur ! Elle a pondu !

– Elle a pondu, oui, oui.

– Mais oui, Catoche ! Les poissons, ça pond. Alors ça, c'est un sacré hasard !

– Je suis trop contente de vous voir en vrai. Faut dire avec les enfants, c'est compliqué, je suis obligée de rester aux abysses.

– Oui, mais, euh, Éros, il a pas de tentacules, si ?

– Ah, c'est vrai, je suis bête, vous pourriez penser que c'est un piège ! Éros me le dit toujours, explique ! Mon père est un Kraken !

– Un Kraken ? Excusez-moi, mais j'avoue me perdre.

– Scusez la Catoche, fit Hexerine traversant le mur pour entrer dans la cellule de son amie, mais il lui faut du temps face à l'inhabituel. Moi, c'est Hexerine.

– Moi, c'est Krakas !

– Enchantée. Donc vous êtes là pour affaire de famille ?

– Absolument. Une ponte, vous pensez bien, on ne rate pas ça !

– Nous aussi, on est là pour une ponte, mais pas la même.

– Oui ! jubila Krakas, Éros m'a raconté. Un sacré défi. Enfin, si on peut vous aider.

– On ne voudrait pas vous mettre dans l'embarras.

– Vous plaisantez ! Entre amis ! C'est quoi votre plan, parce que vous êtes fortes, mais là, on parle de deux œufs de dragon ! Parce que c'est pour ça que vous êtes venues ? Hein ?

Hexerine raconta les grandes lignes de son plan.

– Des fourmis ? Très ingénieux, mais si vous me permettez, vous n'en aurez pas assez. Une fourmilière complète, oui, mais pour un seul œuf seulement.

– Vous croyez ?

– Certaine.

– Mince.

Le silence se fit, rompu par des gargarismes.

– Des bousiers ! Bien sûr ! s'écria Krakas.

– Euh ?

– Oui, c'est mon beau-frère qui vient de me le dire. Y'a une tribu pas loin dans le champ. Les deux réunis peuvent vous sortir vos œufs !

– Tu veux les faire sortir par où ? demanda curieuse Madame Catherine.

– Ben par la porte !

– Hex ! Ça va se voir.

– Pas si Julot mange du trèfle.

– Ah, s'il mange du trèfle, c'est sûr.

– Ça lui fait quoi ? demanda curieuse Krakas.

– Des gaz. Et pas hilarants.

– Très efficace, confirma Madame Catherine. Très bien, on a les fourmis, les bousiers et après, il faudrait qu'ils soient d'accord.

– Catoche, nous possédons l'arme fatale ! Mais on n'en a pas assez.

– De quoi ?

– Si tu veux bien sacrifier tes lunettes, moi, mes charbons…

Les yeux des tentacules suivaient la conversation avec intérêt.

– Je t'écoute.

– Les fourmis aiment le sucre, les bousiers aimeraient sans doute le chauffage central !

– D'accord, admettons qu'ils sortent les œufs, on fait quoi après ?

– On leur demande de les mener à la montagne ; nous, on sort et on cause avec le dragon.

Madame Catherine réfléchit.

– Combien as-tu de boîtes ?

– Comme toi, trois.

– Mmm, marmonna Madame Catherine. Rat Din ! Rat Vin !

– Tu appelles qui ?

– Les SMS.

Personne ne vint.

– Ben, ils sont pris ailleurs.

– Mais non, que je suis bête. Rat Pide ! Rat Lentis !

Rien.

– Rat Mequin ! Rat Dinerie !

– Bon, Julot ! Appelle ! Parce que si on attend la Catoche, on verra pas la fin du conte.

HI HAN

– C'est nous !

– C'est nous !

– Arrête de me répéter !

– Je te répète pas !

– Stop ! cria Madame Catherine.

– Oh ! C'est quoi ?

– Quand on est poli, on dit c'est qui. C'est Krakas, une amie.

– Euh, qui sont-ils ?

– Des SMS.

– D'accord.

– Rat Deschamps et Rat Desvilles

– Telier et Chitique, la reprirent-ils.

– Ah oui merde. Allez voir Lucullus. Dites-lui qu'on a besoin de… Krakas, à vue d'œil, la montagne est loin ?

– Deux portées d'ailes de dragon.

– OK, donc demandez à Lucullus s'il voudrait bien préparer six boîtes de lunettes et de charbons en plus.

– C'est parti !

– Dites donc, ils vont vite.

– C'est grâce au réseau.

– Et nous que pouvons-nous faire pour vous ? s'enquit Krakas.

– Votre beau-frère, il ne connaîtrait pas un peu le dragon ?

– Si, un peu.

– Vous croyez qu'il accepterait de lui dire de monter nous voir ?

– Monter ?

– Oui, dans la montagne. On voudrait lui parler.

– Pour lui rendre ses œufs ?

– Non, lui parler. Il prend ses œufs, mais on voudrait lui causer aussi.

– Je transmets.

Un gargouillis se fit entendre.

– Il s'en charge. Oh, quand je vais raconter ça à Éros ! Je peux encore faire quelque chose ?

– On ne voudrait pas abuser, minauda la maquerelle.

– Rho, mais pas du tout ! Dites-moi.

– Vous pourriez être nos yeux et nos… enfin que nos yeux pendant l'opération ?

– Mais avec grand plaisir ! Et si vous voulez, exceptionnellement, parce que je l'interdis toujours aux enfants, rapport à leur éducation, ils pourront faire des bulles pour accompagner votre âne. Ça fera encore un plus bel effet.

– Je, euh, merci !

– Et maintenant ?

– On attend l'arrivée des fourmis.

– Tu pourrais peut-être les appeler, suggéra Madame Catherine.

– Ah oui, merde. Aoizjhvzerbfjknrf, z. C'est joli ta cellule quand même.

– Ah ?

– Oui, toi, elle est décorée avec de la cervelle. Moi, c'est avec des boyaux.

– Effectivement, c'est moins élégant.

Une dizaine de fourmis fit son apparition entre les lattes de pierre.

– Fourmi 1 au rapport.

Hexerine expliqua son plan à la fourmi tandis que son amie parlait œufs mayonnaise avec Krakas. Deux bousiers se présentèrent ensuite et tous acceptèrent le défi. Même Lucullus fut ravi de la demande.

– C'est nous !

– C'est nous !

– Il a dit oui !

– Il a dit oui !

– OK. Voici le premier paiement.

Hexerine tendit aux fourmis et aux bousiers leurs boîtes respectives.

– Ça roule, ma poule !

– Krakas, ne verriez-vous pas Julot à proximité ?

– Si, absolument. Il mâche.

– Parfait. Normalement, vous devriez voir une oie à côté de lui.

– Deux.

– Impec. Sans trop vous commander, vous voudriez bien, quand les œufs seront retirés de leur nid, placer les œufs d'oie à la place ? Vous avez le tentacule plus long.

– Avec un immense plaisir ! Je vous laisse le temps d'aller du côté de la salle des œufs !

†

– Messire ! Messire ! C'est épouvantail ! Pardon, je veux dire, épouvantable.

– Quoi ? répondit ce dernier, hargneux.

– Les épouvantails ont disparu !

– Comment disparu ?

– Volatilisés !

– Impossible !

– Si.

– Messire ! Messire ! C'est épouvantable ! cria un autre garde en entrant.

– Oui, je sais.

– Ah bon, vous savez ?

– Oui, les épouvantails.

– Euh, ah. Non, mais moi je venais pour les croisés.

– Quels croisés ?

– Ceux qui sont devant la porte.

O'Monbeausapin se précipita à la meurtrière.

– Qu'est-ce que c'est que ce cirque ?

– O'Monbeausapin ! cria un héraut, le seigneur O'Mydarling te somme de te rendre !

– Alors, excusez-moi, mais mon seigneur était le premier. O'Monbeausapin ! Le seigneur O'Déclin vous prie de vous rendre.

– Bon, ben, je dis pareil, mais moi, c'est O'Quenelle.

– Le seigneur O'Monbeausapin vous fait savoir qu'il ne se rendra pas et que si vous restez devant son château, il vous en cuira ! annonça le héraut du château.

Pas très à l'aise au demeurant face aux trois groupes armés qui lui faisaient face.

– Il a de l'humour, commenta Hexerine.

– J'ai pas entendu O'Percule.

– Sûrement chez Faber Gé.

– Alors, voilà, tout le monde est en position, les informa Krakas.

– Dans ce cas, dégazage !

– Euh, pardon, mais vous allez sortir comment ?

– Les cellules sont ouvertes.

– Ah d'accord.

– Allez Catoche, haut les cœurs ! Julot ! Vas-y !

Alors que les soldats se mettaient en position de combat, une odeur nauséabonde, inconnue, mais très nauséabonde se répandit dans le château, dans la plaine. Elle était accompagnée d'un nuage vert tout aussi pestilentiel qui envahit toutes les pièces rendant la visibilité quasi nulle.

– Heureusement que j'avais pris les carapaces de tortues sinon on y verrait goutte.

Quelques soldats s'évanouirent.

– Des petites natures, soupira Hexerine.

Elles prirent à sénestre à la sortie des geôles, traversèrent la salle du trône pour entrer dans la salle aux œufs. Un spectacle époustouflant s'ouvrit sous leurs yeux carapaçonnés. Une partie des fourmis se plaça en bas du nid pour réceptionner le colis. Les bousiers firent de même. Ce fut la technique de descente qui différa : les fourmis grimpèrent le long des pieds du nid en formation serrée. Celles du dessus soulèvent l'objet et glissèrent lentement sur le tapis réalisé par leurs camarades, inventant ainsi l'ancêtre du toboggan. Les bousiers, quant à eux, se partagèrent en plusieurs groupes : le premier souleva le colis ; le second, tête en bas, prit l'objet entre ses pattes pour le passer au troisième groupe composé d'une échelle de bousiers, chaque barreau prenant la charge de l'œuf à son tour.

– Alors, là, je dis bravo !

– Impressionnant ! Ils sont vraiment très forts.

Elles cédèrent le pas au passage des œufs pour mieux les suivre.

– À dextre. Tout droit. À senestre, traversez le rond-point, précisait de temps en temps Hexerine. Allez-y prenez le pont, personne ne vous verra.

Les insectes eurent un doute qui se révéla superflu, puisqu'ils passèrent ni vu ni connu.

– Z'ont vraiment de la merde dans les yeux, en déduisit le chef des bousiers.

Les œufs quittèrent le château sans que quiconque ne s'y opposât.

– On va où ?

– Prenez à dextre. On va contourner le château. Le chemin sera meilleur.

La petite équipée s'éloigna tranquillement de l'entrée pendant que Krakas, tous les tentacules en ébullition, plaçait les œufs d'oie dans les nids.

– Ils vont se douter de quelque chose, s'inquiéta-t-elle. Ils sont quand même plus petits.

– Il sera trop tard. D'ailleurs quand on parle de trop tard.

Hexerine indiquait un point noir au loin qui se rapprochait très vite.

– Les gars ! Posez ! ordonna-t-elle aux porteurs.

– Mais on n'est pas à la montagne !

– Non, mais le propriétaire est déjà là.

Fourmis et bousiers posèrent leur colis et se carapatèrent sous terre. Krakas eut juste le temps d'attraper Hexerine par un tentacule pour la faire entrer dans les douves. Quant à Madame Catherine, blasée, elle subit le feu du dragon.

– Super, merci, ça me manquait.

La voyant toujours debout et rose, le dragon cracha une nouvelle fois son feu. Puis une troisième.

– Non, mais c'est bon, c'est inutile. Je ne brûlerai pas !

Dérouté, il atterrit lourdement devant elle et approcha sa truffe ? Sa gueule ? Enfin, sa très grosse tête.

– Qui es-tu femelle, toi qui résistes au feu du dragon ?

– Je ne résiste pas, je suis vermifugée. Écoutez, c'est une longue histoire et là, je suis à poil. Si encore, j'avais une silhouette alléchante, je ne dis pas, mais ce n'est pas le cas. Donc, je la fais courte. On vous rend vos œufs, et en échange, on aimerait vous causer. À la montagne.

– Vous ne pouvez me tuer !

– Non, mais ça va bien ! Hex !

– Crotte de merde, jura cette dernière. Je suis mouillée ! Je déteste ça. Ah, salut ! fit-elle au dragon. C'est quoi le problème ?

L'animal qui en avait vu de toutes les couleurs eut un haut-le-cœur : une humaine, trempée, cheveux dégoulinants d'eau, était assise sur un tentacule, assez hideux au demeurant.

– Monsieur pense qu'on veut le tuer, lui expliqua son amie.

– Comme si on avait que ça à faire. Non, on veut causer. C'est possible ? À la montagne, de préférence, c'est plus discret.

– Et pourquoi aurais-je envie de causer, comme vous dites, avec des humaines ?

– Parce que ma copine ne brûle pas ; qu'on vous rend vos œufs ; et qu'on a des potes qui datent du Déluge.

Derrière elle, le dragon vit s'agiter des tentacules et apparaître une tête de poisson-ogre.

– Vous êtes étranges.

– Si peu. Bon deal ? Je veux dire, vous êtes d'accord ?

Il inclina sa tête.

– Attendez ! cria Madame Catherine un pied dans une chausse qu'elle essayait d'enfiler le plus rapidement possible, ouvrez la gueule. Allez !

Décontenancé, il obéit. Chaussée correctement, elle entra direct dedans.

– Alors, où c'était ? Ah, ici.

TCHAC ! D'un coup sec, elle retira un os coincé.

– Ah ! Ça m'agaçait, lâcha-t-elle, soulagée.

Une larme de dragon tomba au sol.

– Oh, pardon, je vous ai fait mal ! Je ne pensais pas, avec une telle dentition.

– Non, mais ça va, ça surprend. Je vous rejoins là-haut.

En un battement d'ailes, il s'envola emportant ses œufs.

– Bon, ben, merci, fit une fourmi.

– Vous avez vos boîtes ?

– Oui, oui, on les a prises avant.

– Non, je parle de celles de Lucullus.

– On ne peut pas, on n'est pas allés jusqu'à la montagne.

– Mais, ça va bien oui ! Catoche ! Dis-leur ! Un deal est un deal !

– Rat Zia ! Rat Sis !

Rien

– Rat Tifier ! Rat Tatiner ! Oh, flûte ! SMS !

– C'est nous !

– C'est nous !

– Arrête de me répéter !

TCHING.

– Les boîtes de Lucullus, je vous prie.

Une seconde plus tard, les fourmis et les bousiers repartaient avec leur dû. Le temps des adieux avec les Kraken était venu.

– Bien, il est temps de prendre congé. Nous avons été ravies de vous rencontrer. Félicitations aux parents et merci pour tout.

– Le plaisir a été pour moi ! Je suis trop contente.

– Restez profiter du spectacle, ce n'est pas encore terminé, lui conseilla Hexerine.

Krakas frétilla de plaisir et son beau-frère gargouilla son contentement. Arrivées au pied de la montagne, Madame Catherine fit un arrêt.

– Tu es sûre ?

– Catoche, un peu d'exercice nous fera du bien.

– Pff.

Après quelques minutes d'ascension, il fut demandé à Julot de rester en arrière, afin de ne pas embaumer l'air à sa façon.

– C'est quoi ce bruit ?

Les deux femmes s'arrêtèrent et scrutèrent les alentours.

– On dirait que cela vient du château.

– Exact, confirma Hexerine, juchée debout sur le dos de Julot. O'Monbeausapin sort le grand jeu.

– Du genre ?

– Tambours et trompettes.

– Et les autres ?

– Restent à l'écart. Pas fous.

†

– Monseigneur, tout est prêt.

Il opina.

– Vous, Croisés ! Hommes de peu de Foi ! Vous qui croyez pouvoir pénétrer sur mes terres sans autorisation ! Vous qui croyez pouvoir venir me prendre mes œufs ! Vous allez périr par le feu !

– Il parle bien, commenta Krakas. Avec tous les soldats alignés, ça fait impressionnant.

– Qu'on appelle le dragon ! Qu'on sorte les œufs !

Tout le monde se mit en branle. Les responsables des œufs eurent un problème à résoudre. Et pas des moindres : le treuil était trop grand. Ils se grattèrent le casque pendant un moment jusqu'à ce que l'un d'entre eux, touché par la grâce, se décidât à prendre les œufs entre ses mains.

– Ça marche ! Ça marche ! hurla-t-il ! Je suis l'homme le plus fort du monde !

Il traversa le château, puis la cour en courant. Solennellement, il déposa les œufs au sol.

– Que fait-il ? se demandèrent les O ». C'est ça un œuf de dragon ? Je les voyais plus grands.

Percevant, les murmures, le sieur O'Monbeausapin ouvrit les yeux.

– Mais ? Où sont mes œufs ?

– Ben, là.

– Vous vous foutez de moi !

– Ben, ils étaient dans leur nid.

– On m'a volé !!! On m'a volé !!!!

– J'en déduis qu'il n'a plus les œufs de dragon, dit O'Mydarling.

– Il n'est donc plus dangereux, dit de son côté O'Quenelle.

– Tout ça pour ça, soupira O'Déclin. Adieu veaux, vaches, cochons et couronne.

Une immense vague de déception envahit les Croisés.

– Mais qui a l'œuf ? se demanda soudain O'Déclin.

Le soupçon remplaça le défaitisme et les armes jaillirent des fourreaux. Le dragon, qui repassait par-là, les mit tous d'accord en crachant son feu sur O'Monbeausapin, debout les bras ballants devant les œufs d'oie.

– Bon, ben, c'est personne, épilogua O'Déclin.

– On ne poursuit pas le dragon ? s'enquit un Croisé auprès de son seigneur.

– Regardez bien O'Monbeausapin et dites-moi si cela vous tente.

Le Croisé prit le temps de la réflexion.

– Non, pas trop.

Les Croisés se mirent d'accord pour camper et occuper le château tandis que les paysans empalèrent leur ancien seigneur et s'en servirent comme épouvantail. « À chacun son dû » fut son épitaphe.

– C'est pas mal, fit un Croisé venu de l'Est bière en main, cette idée de brûler les gens en communauté. Je trouve ça festif. Y'a peut-être un truc à faire avec ça. Genre une fête locale avec un truc à brûler ou à décorer.

†

– Messire ! Messire !

– Quoi ? ! s'agaça Faber Gé en pleine discussion avec O'Percule et Anthelme.

– On a brûlé O'Monbeausapin.

– Allons bon.

– Oui, un dragon !

– Ah ah, chanta joyeusement O'Percule, on le tient !

– Le dragon ? Quel intérêt, répondit méprisant Faber Gé. Ses œufs, oui, sont intéressants, mais le dragon.

– Vous voulez faire un élevage ?

– Non ! Venez !

Il les conduisit à travers tout un labyrinthe de couloirs. O'Percule et Anthelme étaient arrivés depuis peu. Le but de leur mission s'était quelque peu étiolé, notamment quand O'Percule aperçut la fille du sieur : la princesse Potdyaourt. Une princesse d'une beauté sans équivalent, en adéquation avec son prénom : carrée, lisse, blanche, un brin molle. Lorsque leurs yeux se croisèrent, ce fut comme un éclair. Faber Gé ressentit le même picotement quand il apprit qu'Anthelme avait fait les croisades. Le rêve de sa vie ! Il pria donc les deux hommes d'être ses hôtes et c'est cette « hôterie » qui venait d'être brisée par la crémation de O'Monbeausapin.

– Voilà !

Les deux soldats ou prétendus tels entrèrent dans une pièce très lumineuse dont les murs étaient couverts d'étagères couvertes d'œufs peints. Des œufs de toutes les tailles, peints de toutes les couleurs ; certains avec motifs, d'autres sans.

– Ouah ! s'enthousiasma O'Percule.

Faber Gé se rengorgea.

– Vous comprenez pourquoi les œufs de dragon auraient été le clou de ma collection. Mais non, cet idiot a voulu les garder pour lui. Bon, en même temps, mes champs n'ont pas souffert du souffle du dragon.

– Il était votre suzerain ?

– Non, mon vassal en fait, mais tout le monde l'oublie. Avec ma collection, je passe pour une quiche.

– Alors, il est temps de rappeler que vous êtes le sieur de votre domaine ! tempêta Anthelme. Levez une armée et marchez sur vos nouvelles terres !

Galvanisé par Anthelme, Faber Gé fit comme on lui disait.

†

– C'est quand qu'on arrive ?

– Catoche ! Arrête de geindre ! On y est presque.

– Tu m'as dit cela, il y a une heure.

– C'est parce qu'il reste une heure. Respire le bon air frais ! Remplis tes poumons ! Sens les odeurs exhalées par les mousses.

– Je te signale que je suis derrière Julot...

– Tu serais devant, si tu daignais faire un peu d'exercices ! C'est bon pour le corps, la tête.

– Facile à dire ! Tu habites en forêt ! Et je rappelle que je monte et descends mes étages plusieurs fois par jour !

– Ben, ce n'est pas assez. Tes poumons ont besoin de s'exprimer ! Je t'installerai un tapis pour que tu coures dessus !

– Super, soupira résignée Madame Catherine.

Il faut dire que la montagne était haute et ses pans abrupts. En réalité, ce n'était pas l'ascension le problème, c'était la chaleur. Plus elle montait, plus elle avait chaud. Or, Madame Catherine détestait avoir chaud. Surtout après le souffle du dragon.

– On y est ! fit triomphalement Hexerine une heure plus tard. Allez Catoche, allez Catoche ! Mesdames et messieurs, sous vos applaudissements, elle va franchir la ligne d'arrivée ! Oui ! Bravo ! Vous avez gagné un saucisson !

Malgré le souffle court et une température corporelle de soixante-dix degrés au moins, Madame Catherine sourit.

– Alors, nous y voilà. Ben, c'est vide, constata Hexerine. Vide de chez vide.

Lentement, les deux femmes firent le tour de la première caverne, puis la seconde, puis la troisième et ainsi de suite. Scrutant la semi-obscurité, elles lurent des inscriptions sur les murs : The Winter is coming ; my

Taylor is rich ; the flower is blue ; Richard loves Lila ; I have a dog.

– Qu'est-ce que c'est que ces machins ?

– La première phrase d'un roman, fit une voix dont la sonorité grave fut amplifiée par le creux des cavernes.

– ?

– L'ermite avait pris la décision d'écrire un roman. Pour s'occuper.

– Il n'avait pas de papier ?

– Si, mais il voyait grand. Voir la phrase écrite sur un mur l'inspirait.

– Il a écrit beaucoup de livres, admira Madame Catherine.

– Non, aucun. Juste des premières phrases.

– Ben, il n'est pas né le roman qui commencera par The Winter is coming.[13]

– Pourquoi souhaitiez-vous me parler ?

– Catoche, vas-y, l'encouragea son amie qui se planqua derrière elle.

– L'ermite avait en sa possession des objets qui nous intéressent.

---

[13] Allusion très forte au Trône de fer de R.G Martin.

Le regard du dragon montra sa lassitude.

– Les hommes et leur besoin de possession, soupira-t-il.

– Hop hop hop, dit Hexerine interrompant la diatribe qu'elle sentait poindre. On ne mélange pas les ballots !

– Hexerine a raison. Nous ne sommes pas là en notre nom ni pour prendre quoi que ce soit. L'ermite avait été engagé pour protéger des objets précieux. Nous aimerions les récupérer.

– Pour faire quoi ?

– Pour éviter qu'ils ne tombent entre de mauvaises mains.

– Je vois. Mes œufs ne vous intéressaient pas, mais pour cela, vous vous déplacez.

– Stop ! On ne confond pas tout ! Les œufs, on ne savait pas. Le hasard a fait que. Et puis, on vous les a rendus !

– Sans rien exiger, rappela Madame Catherine.

– Pour l'instant, répliqua le dragon.

– Bon, Catoche, je renonce.

Son amie se tut, fixa le dragon puis commença.

– Vous avez connu le Déluge, l'arrivée des hommes. Vous avez vu des guerres, des pillages, des inventions aussi. Vous les avez vus construire, creuser, naviguer. Vous les avez vus prier. Depuis la venue du Christ, le monde, enfin, une partie du monde a changé. Les anciens dieux ont perdu de la valeur, remplacés par un Dieu unique. L'homme, cependant, n'a pas changé. Il est devenu plus cupide, plus violent ou différemment violent. La religion lui sert de prétexte pour étendre un pouvoir et soumettre des peuples. Les objets que nous recherchons pourraient être porteurs de malheurs, pires que ceux que nous connaissons, s'ils tombaient entre de mauvaises mains.

Elle s'arrêta pour mieux reprendre.

– Regardez O'Monbeausapin. Il a trouvé vos œufs et s'en est servi comme otages. Les objets de la Passion, puisque c'est ainsi que les chrétiens les nomment, pourraient servir d'otages, eux aussi. Déclencher des guerres, détruire la Foi. Ils doivent rester cachés.

– Vous parlez bien pour une femelle humaine. Suivez-moi, vous comprendrez que vos paroles sont vaines.

†

– Faites attention…

AAAAAAAAHHHHHHHHHHHH

– … le sol est glissant.

Madame Catherine arriva la tête la première dans un landau tandis que son amie dévala la pente cul par-dessus tête pour atterrir dans une baignoire.

– Ouch.

– Pareil.

– Tu parles d'une descente !

Madame Catherine se frictionnait le dos quand elle prit conscience qu'il faudrait tout remonter.

– C'était bien la peine d'être montée ! Ben, ça !

– Quoi ? demanda son amie comptant ses vertèbres. Ah, on dirait qu'on a trouvé les merdasses de l'ermite.

Le dragon arriva de son pas pesant.

– Vous comprenez pourquoi il n'y a aucun risque pour vos objets.

– C'est sûr que cela en refroidirait plus d'un.

Une montagne, que dis-je une péninsule de merdasses s'étalait sous leurs yeux. Ce fut pire quand les lucioles appelées par Hexerine illuminèrent la pièce de leur présence.

– Ah oui, alors là, tu es vaincue. Je ne pensais pas, tu vois, mais l'ermite est plus fort que toi.

– Je dois reconnaître que c'est impressionnant. Il était très aimé.

– Ouais, à mon avis, fit Hexerine soulevant une paire de palmes, il a plutôt servi de déchetterie.

– Ils nous ont dit qu'il était aimé pour ses conseils !

– Ouais, tout comme ils nous ont jamais parlé des œufs.

– De qui parlez-vous ?

– De ceux qui nous ont mandatées : les auréoles.

– Les chrétiens croient en deux entités, expliqua Madame Catherine, le Ciel et l'Enfer. Leur vie est tournée vers le Ciel par peur de l'Enfer. Les auréoles sont au Ciel et les démons aux Enfers. Ceux qui font le Mal vont directement là-bas. Ceux qui font le Bien montent au Ciel.

– Vous faites donc le Bien, en déduisit le dragon.

– Faut pas se fier aux apparences. La Catoche et moi, nous venons du bas. Bon, il faut s'y mettre. Julot ! appela Hexerine. Descends ! Fais gaffe sa glisse.

Julot glissa et fit un très joli salto à l'arrivée.

– Joli ! Je prends une petite laine et on s'y met.

– Tu as froid ?

– Catoche, mon ange, il fait au moins, moins quinze degrés.

– À ce point ?

– Oui, à ce point.

Le dragon baissa la tête.

– Je suis navré.

– De quoi ?

– De tout cela, fit-il en écartant les ailes. Je ne peux même pas vous proposer du feu, car il m'en reste peu. Peut-être même pas assez pour sauver les œufs.

Les deux femmes sentirent son abattement.

– Montrez-nous, dit Madame Catherine d'un air résolu. Si ! insista-t-elle devant son inertie. Allez, hop !

D'un air las, il passa par-dessus le tas que les deux femmes contournèrent tant bien que mal pour le suivre à travers de multiples salles, vides et sombres.

– Elles sont de belle taille, admira Madame Catherine. Un peu sombres tout de même.

– Voilà.

S'habituant à l'obscurité, les deux femmes eurent la surprise de voir des points lumineux se rapprocher. Des bruits furtifs puis plus précis leur arrivèrent aux oreilles. La tribu était là. Méfiante, sur le qui-vive, inquiète. Les dragonneaux restaient derrière les mères.

– Les femelles humaines.

Un immense dragon se détacha du lot.

– Je suis le Maître.

– Hexerine et Madame Catherine, présenta le dragon gardien.

– Pourquoi as-tu amené ces femelles ?

La colère transparaissait dans la voix.

– Parce que mon amie a froid et on aimerait savoir pourquoi vous n'avez pas fait de feu de cheminée, lâcha tout de go Madame Catherine.

En un instant, la tête du Maître se colla à elle.

– Et avant que vous ne me crachiez dessus, sachez que je ne brûle pas et que je n'ai pas de vêtements de rechange, donc il me déplairait de me retrouver de nouveau à poil !

C'était dit sans agressivité, mais avec fermeté.

– Dragonne Un !

Un autre mastodonte se détacha du groupe et de ses yeux mauves soutint le regard de Madame Catherine.

– Elle essaie de lire en moi, chuchota Madame Catherine à son amie.

– Alors, libère les chakras, mais sélectionne ! Tu es patronne de bordel ! Faudrait pas les affoler, s'amusa Hexerine, pas du tout impressionnée.

Après un temps certain, Dragonne Un coupa la communication. Une larme perla à ses yeux. Alors, ils surent.

– Vous êtes de bonnes personnes. Que pouvons-nous faire pour vous ?

– Pourquoi ça caille ?

Le Maître sourit.

– Notre feu sacré est éteint. Il alimente notre feu interne et nos forges. Il chauffe aussi toute la montagne.

– OK. Pourquoi est-il éteint ?

Le Maître soupira.

– Les hommes.

Voyant que les deux femmes attendaient la suite, il enchaîna.

– Nous nous sommes installés ici au Déluge. La montagne offrait tout ce dont nous pouvions rêver : de grandes salles, un chauffage continu. Nous avons construit nos forges et vivions ici en paix. Jusqu'à l'arrivée des hommes. Ils se sont approprié la forêt, nous obligeant à chercher notre nourriture de plus en plus loin. Ils ont détourné l'eau de nos rivières, se sont installés sur les flancs des montagnes, puis dans les cavernes. Nous sommes alors allés plus profond dans la montagne. Mais depuis trois générations d'hommes, ils nous ont ôté la chaleur. Nous pouvons vivre dans un froid relatif, mais nos œufs ont besoin de chaleur pour éclore. Sans compter l'absence de nourriture en suffisance. Le lait des dragonnes ne suffit plus pour leurs petits.

Il ajouta tristement.

– Nous nous éteignons.

– Quelle est la source de votre chaleur.

– La lave, pourquoi ?

Hexerine regarda son amie qui souffla.

– Pourriez-vous m'emmener dehors pour voir où est le problème ? demanda Hexerine au gardien.

– Oui, mais, je euh.

– Juste un tour que je voie.

– Qu'envisagez-vous ? questionna le Maître.

– Je vous le dirai au retour.

– Je commence le tri. Et j'espère que tu as tort, dit Madame Catherine d'une voix décidée.

– Et tout le monde sait que le tort tue !

Madame Catherine leva les yeux au plafond. Un dragonneau comprit la blague et se mit à rire. Au point de s'étouffer. Madame Catherine se retourna vivement.

– Il tousse comme ça depuis longtemps ?

Une dragonne fit oui de la tête.

– Bon, OK. Hexerine va faire une sortie, moi je vais organiser le tri avec Julot. Pendant ce temps, je veux que tous ceux qui toussent vous vous mettiez dans un coin de la pièce ; ceux qui ont mal au ventre dans un autre ; mal aux yeux, le nez qui coule, etc. Faites-moi des files.

– Mal aux oreilles, ajouta Hexerine.

– Oui ! Douleurs musculaires. Bref, je veux tout le monde classé par maladies !

– Elle est marrante, hein, se moqua Hexerine. Elle sait super bien organiser l'urgence, mais vous verriez sa cave !

Le Maître esquissa un sourire. Au départ des deux femmes, il ordonna que tout soit fait comme le demandaient les femelles.

– Tu as pris tes écrevisses ?

– Oui.

– Alors, fais attention.

– Oui chef, bien chef.

Hexerine remonta la pente juchée sur le dragon. Ils quittèrent la montagne par une anfractuosité à laquelle seuls les dragons avaient accès. En trois battements d'ailes, ils furent sur site.

– Je ne peux faire qu'un tour sinon on va affoler les humains, la prévint-il.

Hexerine déplia ses carapaces d'écrevisses emboîtées les unes dans les autres. Elles se terminaient par une méduse.

– Ah OK. On peut aller à sénestre ? À dextre ?

Sous eux se déroulait la campagne verdoyante. Très verdoyante.

– Donc là, y'a de l'eau, marmonna Hexerine.

Elle aperçut un immense fossé comblé par de la roche.

– OK, la lave séchée. Ça ne me dit pas ce qu'ils en font. On est au-dessus des terres de qui ?

– Aucune idée. Il faut qu'on parte, on nous a repérés !

Il piqua droit sur la montagne.

†

– Bon, mon Julot, on va devoir s'organiser.

– Kuff, kuff.

– Oui ?

– Par ici ! Sur le rebord du mur, appela une voix.

– Oh, les fourmis ! Et les bousiers !

– Alors, voilà, on s'est réunis en intersyndicale et on a trouvé qu'on avait été payés pour un travail non fait. Disons pas entièrement terminé. Alors, si vous aviez besoin…

– Je… Je ne vois pas trop. J'ai des trucs à retrouver dans ce fatras, mais c'est une tâche immense et… Bon, d'accord, abandonna-t-elle en voyant les antennes baissées. Mais je n'aime pas exploiter les gens. Si vous vous en sentez la force, il faut chercher les objets suivants : un marteau, une tenaille, des clous, une lance, peut-être une croix, de grande taille et une couronne d'épines. Ah, si ! Une coupe !

– Fourmis ! Bousiers ! En ordre de marche.

Une flopée d'insectes envahit la pièce en quête de la Passion.

– Julot, on essaie de trier le plus gros.

Quelques minutes plus tard, trois bousiers et quatre fourmis avaient trouvé chacun un marteau.

– Ah, merde. Bon, on va des tas. Vous faites un tas de tous les mêmes trucs.

– Et si c'est pas les mêmes ?

– Vous faites un tas. Oups ! Pardon, you ouh ! On peut entasser dans cette deuxième caverne ?

– À qui tu causes ?

– Ah, c'est toi ? Je demandais au Maître si on pouvait entasser à côté.

– C'est moi ou ?

– Non, nous avons l'aide de nos amis fourmis et bousiers. Ils ont estimé avoir été trop payés.

Hexerine rigola.

– On voit que ce ne sont pas des humains.

– Alors ? Là-haut ?

– La vue est magnifique !

– Hex !

– On voit bien le détournement de l'eau, l'obstruction du passage normal de la lave, mais je ne comprends pas le but. Tu as la carte des seigneuries ?

Elles se penchèrent dessus.

– Bon, là, c'est Faber Gé. Ici, feu O'Monbeausapin. Là, O'Mygott et O'Fildeleau ! C'est lui !

– Réfléchissons. Il a de l'eau et de la lave. Il a de l'eau et de lave. Il a de l'eau et de la lave.

Tout en parlant à voix haute, Madame Catherine se mit à marcher. Hexerine la regarda soudain avec intensité.

– De l'eau qui tombe dans de la lave, ça fait quoi ?

– De la vapeur, répondit machinalement son amie.

– Et que peut-on faire avec de la vapeur ?

– Watt dirait une loco, mais là…

– Des thermes !!!

– Des… Incroyable !

– Et ouiche.

– Comment as-tu trouvé ?

– Tu fumes.

– Je fume ?

– Oui, tu es tellement chaude qu'avec le froid tu dégages des fumerolles.

– C'est malin ! Et c'est quoi la suite ?

– Tu le sais très bien.

– Pff. Je n'ai pas trop envie, là.

– Catoche…

– Et pourquoi, tu n'y vas pas ?

– Tu sais très bien qu'il est fâché ! À toi, il ne refuse rien.

– Non, mais ce n'est pas lui le problème, c'est où.

– Ça va bien se passer. Mon amie aurait besoin d'aller là où la lave commence, annonça-t-elle au Gardien.

– C'est dans la montagne blanche. Je peux vous y conduire.

– C'est bien cela le problème, soupira Madame Catherine.

– Mon amie est très mauvaise cavalière, expliqua Hexerine. Les Amazones ont essayé, elles se sont cassé les dents. Les Centaures ont échoué.

– Non, mais c'est bon. Je tiens très bien sur un cheval, c'est l'arrivée le problème.

– Dis-toi que c'est qu'un mauvais moment à passer. Mon amie tombe. Quoi qu'elle fasse, quel que soit l'instrument, elle tombe. Faudra pas vous vexer.

– Si vous tombez, vous ne pourrez pas vous faire mal. La montagne blanche est recouverte de neige.

– De neige ? Mais c'est froid, ça ? Y'en a beaucoup ?

– Oui, une grosse épaisseur.

– Eh, ben, c'est parti !

– Bonne chance, se moqua Hexerine.

Ce qui lui valut une grimace de son amie.

– Je prends le relais ! C'est quoi l'organisation ?

– On fait des tas.

– Je vois, fit-elle fort peu enthousiaste en voyant un tas de clous, de marteaux, de lances. Super.

†

– Aaaaaahhhh.

BROUM. Malgré toutes les précautions prises, Madame Catherine chut d'une hauteur de dragon. Fort heureusement, la neige amortit le tout.

– Aahhh, fit-elle de contentement. Du froid !

Elle se roula voluptueusement dedans avant de se rendre au sommet du volcan.

– Youhou ! Vulcain !

Elle réitéra son appel.

– Rho, ça va, je sais que vous m'entendez !

Le dieu du feu, des forges et tutti quanti surgit grandeur nature exagérée.

– Non, mais ce n'est pas la peine d'essayer de m'impressionner.

– Moi, j'aime bien. Que veux-tu ? Parce que je suppose que vu que tu ne viens jamais me voir, là, tu as besoin de quelque chose.

– Je suis assez débordée, ces derniers temps, s'excusa-t-elle.

– J'ai cru comprendre.

– J'aurais besoin de faire péter un bouchon.

– Tu dois me confondre avec Bacchus…

– Vulcain ! Un bouchon de lave.

Brièvement, elle raconta les mésaventures des dragons.

– Et pourquoi ferais-je cela ? Les hommes se sont tournés vers le dieu unique.

– Justement ! Le bouchon vient des hommes ! Vous rétabliriez l'équilibre. Et puis, les dragons sont des forgerons. Ils pourraient apprendre de vous.

– Tu essaies de m'amadouer.

– Et alors ? Ils ont besoin de la lave pour leurs œufs, pour chauffer la montagne.

– J'y gagne quoi ?

– Rien, en fait, répondit-elle, honnête.

Le dieu la regarda, puis sa monture.

– Tu dis que cela gênerait les hommes ?

- Yes !

– Du genre ?

– Moins de confort, moins d'argent. Et l'argent pour les hommes, c'est vital.

– Ils sont forgerons ? s'enquit Vulcain, indiquant le dragon de la tête.

– Ouiche.

– Le Diable m'a commandé plusieurs instruments de torture. Je manque de main-d'œuvre. Ça vous intéresse ?

Le dragon s'inclina.

– Nous aimons forger. Le Maître dira sans doute oui.

– Le Maître ?

– Pas le vôtre, le sien. Ils ont aussi une hiérarchie, expliqua Mme Catherine.

Vulcain sembla apprécier.

– Titans ! hurla-t-il.

Hypérion et Théia firent leur apparition.

– Eh, salut beauté !

– Salut.

– Dis donc, tu viens plus à la salle !

– Pas trop le temps.

– Catoche, attention à la fesse molle !

– Mais ! Je n'ai pas la fesse molle !

– Que tu dis.

Madame Catherine toisa les deux Titans, mains sur les hanches, yeux froncés.

– On rigole, ma puce. Mais fais gaffe quand même.

Vulcain, lui, souriait de toutes ses dents.

– Elle a un problème de bouchon.

– Où ?

– Au pied de la montagne.

– On te suit.

– Bien le bonjour à ton amie la tricheuse !

– Vulcain ! Ça va pas recommencer ! Tu es le dieu des forges ! Nul ne peut te vaincre !

– Ah ouais, et comment elle a pu, elle ?

– Parce qu'elle a forgé une cuillère et que vous avez forgé ce que vous forgez toujours : des armes. Le jury a primé la nouveauté !

– Ouais, mais elle a gagné, soupira le dieu, maussade.

– Vulcain ! Une fois dans toute votre carrière. Une simple et unique fois ne peut effacer votre douance !

– Mouais. Allez, file. Dites, elle est tombée en arrivant ? demanda-t-il au dragon.

– Oui, seigneur.

– C'est fou. Elle a eu les meilleurs maîtres, mais non, y'a pas moyen. Bonne chance ! Je passerai vous voir avec les plans si votre Maître agrée ma proposition.

Les Titans, aussi imposants que les dragons, arrivèrent en même temps sur les lieux du bouchon.

– Tu veux qu'on fasse quoi ? On déplace ou on casse ?

– Je veux que la lave passe sans que les humains s'aperçoivent de quoi que ce soit.

– On creuse alors.

Fermant les poings, les Titans se frayèrent un chemin. Le Gardien retourna à la caverne, bien décontenancé.

– Alors ?

– Les Titans creusent.

Il prit le temps de raconter ce qu'il avait vu, étonnant par là même la tribu.

– Elles sont très étranges, marmonna le Maître. Très étranges.

– Alors, elle est tombée ?

Hexerine plumeau à la main entra dans la caverne de réunion. Le dragon confirma la chute.

– Elle est incroyable ! Euh, sinon, vous l'avez vu ?

– Qui ?

– Ben, celui qu'elle allait voir.

– Oui, il semblait en colère après vous.

– C'est dingue ce qu'il peut être rancunier.

Elle narra le concours de forgeron.

– Moi, j'ai fait une cuillère parce que j'en avais besoin. Lui, il a fait un grill ! Le truc qu'il fait tous les jours ! C'était sûr que j'allais gagner. Du coup, il boude.

– Votre amie a plaidé votre cause.

Un bruit épouvantable leur rappela que la fameuse amie arrivait. Avec la lave.

– Aaahh, fit cette dernière reprenant son lit naturel. Elle se précipita dans son cours asséché, enfla au point de sortir un peu de son lit et poursuivit sa course aux confins des mondes. Elle redevenait lave. Chauffer les thermes n'était pas ce pour quoi elle était faite. Elle était faite pour rappeler à l'homme sa finitude, pour encourager l'agriculture ; elle était le feu, le bouillonnement de la vie. Lentement une douce chaleur se répandit dans les étages, parcourut les salles, vastes et humides. Doucement, d'abord tamisée, puis plus franche, une lueur se fit.

– Ah quand même, on va voir quelque chose ! s'exclama Hexerine.

Elle ne fut pas déçue. Ce ne furent pas les dragons l'objet de son étonnement ni de son découragement. Mais la taille du tas de merdasses. Et surtout la merdasse qui dépassait du lot que personne n'avait aperçue jusqu'ici.

– Oh punaise ! s'exclama-t-elle.

– Hex !!!!!

– Ouais, j'ai vu, mais on ne le ramène pas !

– Hex ! supplia Madame Catherine.

– Ce n'est pas à nous je te rappelle.

– Ah, c'est vrai.

Madame Catherine avait une mine dépitée.

– Allez, puisque tu es là, on va faire les soins.

Son amie acquiesça avec peu d'entrain. Titans et dragons firent connaissance, les uns visitant les cavernes des autres. Hexerine prit en charge les maux de ventre. Elle les tâtonna puis demanda où se trouvaient les toilettes. Après avoir rectifié une erreur de compréhension, elle installa les cinq dragons malades au-dessus de la cuvette qui se trouvait être un immense vide sanitaire. Les déjections tombaient, plutôt glissaient sur le sol augmentant sa fertilité. Ce qu'elle garda bien à l'esprit.

– Une pastille dans la gueule ; vous, trois parce que le bide est dur. Vous laissez fondre et après, ben, voilà. Si vous avez besoin, appelez, je vais aider ma copine.

Les dragons, quelque peu dubitatifs, ouvrirent grand la gueule. L'effet fut quasi immédiat et un grand soulagement dans tous les sens du terme se fit entendre. Madame Catherine, quant à elle, avait commencé par les dents. Juchée sur une tour de siège ou carrément dans la gueule, elle auscultait les dragons.

– Eh ben, j'ai du boulot.

– Dis donc tu n'as pas pu t'en empêcher ! la voyant installée sur un engin de guerre.

– Oh, ça va ! Tu as vu leur taille !

– Besoin d'aide ?

– Et comment !

Le Maître assista, médusé, aux soins. Il vit les deux femmes couper, creuser, colmater, scier, percer, panser et arracher.

– Gnpffffff, je n'y arrive pas.

– Attends, je te tire.

– Rien à faire.

– Julot, regarde si y'aurait pas comme un trébuchet dans les merdasses.

– On a trouvé ça ! lança une fourmi.

– Un mangonneau ! Parfait.

Hexerine inversa le processus : la dent fut attachée et au lieu de projeter, Hexerine fit tourner les roues par Julot en sens inverse, arrachant sans douleur la dent. Il en fut ainsi plusieurs fois, les dragons ayant une fort mauvaise dentition.

– Il leur faudrait un jardin de simples.

– T'inquiète, Paulette, je sais exactement où.

Elles enchaînèrent avec les maux de tête, le nez qui coule.

– Et flûte !

Une goutte de morve s'était échappée du nez d'un dragonneau, recouvrant Madame Catherine. Elle entreprit de se débarrasser du résidu nasal quand elle se rendit compte que sous ses doigts, la morve se transformait.

– Hex, appela-t-elle inquiète.

Hexerine prit la boule créée.

– C'est lisse, solide.

Elle haussa les épaules puis lança, avec désinvolture, l'objet dans la caverne. Ce dernier, fort mécontent ou par nature, se mit à rebondir dans toute la caverne. Les deux femmes et les dragons se figèrent.

– Refais pour voir.

Madame Catherine refit une boule que son amie lança. Rebelote.

– Catoche ! Fais des boules !

– Je veux bien, répondit celle-ci, mais la couleur…

– Julot ! Y'aurait pas de l'ocre ou des trucs comme ça dans les merdasses ?

Les bousiers revinrent les mains vides.

– J'ai du millepertuis et de la camomille dans mes sacs.

Hexerine courut et revint avec lesdites plantes en poudre. Madame Catherine fabriqua une boule dans laquelle, au fur et à mesure, son amie introduisit de la poudre. Le malaxage donna une boule rebondissante jaune.

– Catoche, on tient un filon.

– Pourrons-nous emporter ces quelques boules ? demanda son amie au Maître.

Il eut un regard étonné jusqu'à ce qu'un bruit sur sa droite lui montrât ce que les dragonneaux faisaient de l'objet. Ils semblaient s'amuser. Il sourit.

– Vous pourrez emporter tout ce que vous désirez.

Hexerine se rapprocha de lui et discrètement lui dit :

– Dites que vous avez besoin de la tour, sinon on sera condamnées à se la trimballer.

– Je t'ai entendue !

– Tant pis, j'aurai essayé.

Les soins se poursuivirent, Hexerine récupérant la morve dans un tonneau.

– Nez qui coule, amasse les sous, sifflotait-elle.

Quand elles eurent terminé, le soleil déclinait. Difficile à voir dans une caverne, mais le ventre de Hexerine lui rappela qu'il était temps de manger.

– Excellente remarque !

– Maître, appela timidement un dragon. Ça ne fonctionne pas. Les fours sont trop froids.

La tristesse emplit la place.

– Montrez-nous !

Le Maître les conduisit dans la salle des forges. D'immenses fours verticaux se partageaient la pièce. Au centre de celle-ci trônait LE four. Gigantesque. Quatre dragons sculptés ornaient ses côtés.

– La classe. Ça marche comment ?

– Nous prenons les pierres incandescentes de la lave. Elles déclenchent et entretiennent le feu. Mais, il est éteint depuis trop longtemps.

– Le grand là ?

– Oui.

Hexerine et son amie tentèrent de voir à l'intérieur, sans succès, quand un dragonneau, comprenant ce qu'elles voulaient faire, les souleva.

– Ah, merci. Trop froid, effectivement.

Il les redescendit. Leur silence intrigua les dragons.

– Catoche…

– Hex !

– On n'a pas le choix. Faut un allume-feu et y'a que toi.

– Et si on brûlait du bois ?

– Inutile, le feu ne prendra pas. Il faut un détonateur, une allumette.

– Super.

– Tu fais quoi ?

– Je retire mes vêtements !

– On a besoin de tes vêtements pour que ça prenne.

– Mais, je n'ai plus de rechange !

– Julot ! Regarde s'il n'y aurait pas des fringues dans les merdasses !

– Tu sais que je déteste ça.

– Je sais.

– Nous sommes désolés, ne le faites pas. C'est notre problème après tout, regretta Dragonne Un.

– Non, non, ne vous méprenez pas. Vous aider n'est pas un souci. Je n'aime pas avoir chaud. Ces derniers temps, c'est un peu récurrent.

– Ouais, moi, c'est l'eau que je n'aime pas.

Julot revint avec un tas.

– Très bien, j'y vais. Mais je veux double ration de bière !

Madame Catherine monta dans le four.

– Prends les pierres en main, ça ira plus vite.

– OK.

– Gardien ! Donnez tout ce que vous avez !

Il hésita.

– Je pensais garder mon dernier souffle pour les œufs.

– Ne vous inquiétez pas. La Catoche sera tellement chaude qu'elle pourra chauffer la montagne à elle toute seule.

Prenant son souffle à deux mains, il cracha tout ce qu'il avait. Cela dura longtemps, puis la flamme s'éteignit. Madame Catherine apparut nue, mais rien ne se produisit.

– Patientez, conseilla Hexerine. Frappe les pierres.

Une étincelle. Deux étincelles. Trois, puis ce fut un embrasement. Madame Catherine s'enflamma.

– Ne bouge pas, laisse le four prendre.

– Oh, ben, je ne vois pas trop où je pourrais aller. À poil et en flammes.

Le four prit, déclenchant les autres. Les forges, les unes après les autres s'allumèrent.

– Vous... vous... avez réussi.

– Ah, ben, la Catoche, comme allumeuse, y'a pas mieux !

– Dis, j'ai peut-être des flammes qui me sortent des oreilles, mais je t'entends.

Un dragonneau fut pris de panique.

– Il ressent le feu pour la première fois.

Les aînés prirent les enfants à part pour les instruire.

– Je peux descendre là ?

– Je crois que oui, mais va falloir que tu sautes !

– Super. Ah, ça va mieux.

– Pendant que tu es à point, il faudrait s'occuper des œufs.

Le gardien, à bonne distance de Madame Catherine, les mena jusqu'aux couveuses. Elle s'assit et attendit que la chaleur de la pièce enveloppe les œufs dont tous attendirent l'éclosion. Pendant ce temps, Hexerine commença à faire le tri du tas de vêtements afin d'habiller convenablement son amie.

– Ça, ça va cramer ; ça aussi ; ça aussi. Ah non, pas ça. La vache ! s'écria-t-elle en voyant de quoi il s'agissait. Je vais te dire mon Julot, elle va me détester.

HI HAN

– Ouais. Tu as raison. Hum, hum, Maître, pour la tour…, demanda-t-elle.

Le dragon se retourna et comprit.

– Vous pourrez tout emporter. Vraiment. Vous le méritez.

– Non, on ne veut pas vous dégarnir, mais quelques petits trucs, je veux bien.

CRAC CRAC.

Les œufs s'ouvrirent. Deux dragonneaux pointèrent le bout de leur gueule, levèrent leurs ailes, cassèrent leur coquille et se présentèrent à la tribu. Devant les yeux ébahis des deux femmes, enfin, surtout de Hexerine, Madame Catherine étant encore aveuglée par le feu, la tribu s'inclina. L'un était bleu, l'autre jaune.

– Seigneurs, nous vous attendions.

Les dragonneaux toisèrent la foule avec bienveillance, s'approchèrent de Madame Catherine et, tirant la langue la plus longue qui soit, la léchèrent. La force du bisou fut telle qu'elle la projeta trois cavernes plus loin, la faisant atterrir dans une charrette rouge.

– Le côté positif, c'est que tu es éteinte, plaida Hexerine.

– Je loue ton pragmatisme, ronchonna son amie s'extirpant péniblement de la charrette. Bon, tu viens, j'ai soif.

Hexerine ne bougea pas. Elle était comme pétrifiée.

– Ah, d'accord, fit Madame Catherine, comprenant l'origine de cette attitude. Maître, pourrions-nous...

– Il me semble que ce serait pratique pour emporter ce que vous souhaitez. Votre âne est fort, c'est indéniable, mais là...

Madame Catherine s'inclina.

– Bon allez, viens, il faut que je m'habille. Le Maître nous autorise à la prendre.

– C'est vrai ? interrogea une Hexerine les yeux brillants.

– Absolument.

Elle battit des mains de joie

– Bon, voilà, ça, c'est tout ce que j'ai trouvé qui résiste au feu, dit-elle lui tendant un vêtement.

– Tu déconnes là ?

– Nan. Mais tu auras triple ration de bière pour compenser !

†

– Maître, il faut nourrir les Élus, mais…

Le dragon soupira.

– Décidément, un problème en amène un autre.

– Ça mange quoi les dragonneaux ? interrogea Hexerine un champignon en main.

– Du lait, comme tout enfant.

– Oh, ben, de la rigolade. Catoche !

– Rat Tafia ! Rat Violi !

– Ben, ce n'est pas ça.

– SMS !

– C'est nous !

– C'est nous !

TCHING

– Arrête de me répéter !

– Filez au bordel et faites la traite de Rougette.

– On doit tout apporter ?

– Oui.

– Ça va être lourd…

– Passez par Charon, maintenant qu'on a la lave, il a un accès direct !

La soirée fut des plus communes quand on connaît nos deux amies. Elles dégustèrent des pâtes au fromage. Fourmis et bousiers étaient rentrés chez eux pour mieux revenir le lendemain. Les dragonneaux burent avec délectation le lait de Rougette, Citronnette et Brunette, deux cousines de la première qui décidèrent de migrer là où il y avait du travail. Les adultes mangèrent des bœufs venus se livrer « parce qu'on est en fin de vie » et des légumes du jardin, dont Madame Catherine vanta les mérites. Tout en mangeant, elles racontèrent leur quotidien qui détonnait par rapport à ce que les dragons connaissaient des hommes. La soirée se termina par des arts créatifs : Hexerine admira son chariot rouge et découvrit qu'on pouvait le rallonger ; Madame Catherine fit des boules de couleur tout en écoutant les histoires de dragon ; elle fit aussi un matelas. Hexerine avait voulu visiter la tour pour voir si on pouvait la démonter et en redescendant, elle avait loupé un barreau. Glissant de toute la hauteur, elle eut l'idée de génie d'appliquer à la tour, la technique de glissade des fourmis. Sauf que l'atterrissage était un peu sec. D'où un matelas d'accueil. Les deux femmes en profitèrent pour expliquer les vertus des simples et des plantes tinctoriales. Chacun participa à la conversation et le Maître se dit que « décidément, l'Autre n'est jamais ce que l'on croit ». « Nan, mais il peut être chiant », admit Hexerine. Au moment du coucher, Madame Catherine fut installée dans une caverne à part au vu de la chaleur qu'elle dégageait. Seuls les Élus dormirent près d'elle.

✝

– C'est nous !

– C'est nous !

– Arrête de me répéter.

– Je répète si je veux.

– Mais, vous avez fini, rouspéta Madame Catherine, les mains sur les hanches devant les tas de marteaux.

– C'est qui ? cria Hexerine, pioche en main.

– Rat Dis et Rat Phia.

– Telier et Chitique.

– Ah, oui, pardon. Des nouvelles du bordel.

– Vas-y raconte, lui enjoignit son amie. Margaux s'est lancé dans la pâtisserie de gros.

– Pour les mioches ?

– Oui. Dadou coud jour et nuit. Mélissandre fait les modèles apparemment. Gudrun veille. Esméralda apprend à chanter aux enfants. La princesse leur apprend à lire et écrire.

– Ça ne doit pas être facile.

– Comme tu dis. Suzy nettoie le tunnel avec Lili.

– Sans déconner ?

– Sans déconner.

– Elle est grave.

– Sapho tient l'officine avec les jumelles, sans heurts apparemment. Les clients restent sur le pas de la porte et emportent leurs médicaments. Haldebarde dit que le prévôt vient tous les jours. Il paraît qu'il y a encore cinq Tanneurs de disparus.

– C'est con.

– Ou pas. Les douves se sont vidangées.

– Ah, on sait où sont passés les Tanneurs.

– Tu crois qu'ils ne sont pas allés au bout ?

– Les premiers sans doute, les autres ont dû prendre l'embranchement.

– Tu avais mis un panneau ?

– Oui, Madame. J'avais même écrit « danger », au cas où ils sachent lire.

– Ben, ils ne savaient pas visiblement. Le prévôt essaie de trouver le nom de l'Ogresse, sans succès.

– Tu m'étonnes.

– Du coup, avec la princesse, ils ont imposé un registre des naissances, des mariages et des morts.

– Il était temps !

– Le petit con est venu au bordel.

Il y eut un silence.

– Pour prendre des tissus, des couvertures, des montants de lit. Il a pris aussi une commode qui était toute cassée pour la réparer.

– Et le gamin ?

– Il joue avec les enfants. La princesse demande quand on rentre. Le prévôt a préparé tous les papiers pour la cession de la maison d'Anthelme. Suzy ajoute que personne n'y est entré. Je réponds ?

– Vas-y.

- « Chers tous,

Ici, ça va. On a la lumière, il fait chaud et on se régale de plats de Margaux. Merci pour le lait. Le problème du dragon est résolu et amélioré. L'Ogresse s'appelait Marie-Anne. Nous serons là bientôt, le temps de ranger et de terminer des bricoles.

Madame Catherine et Hexerine ».

– J'aime pas trop quand elles emploient le terme de bricoles, commenta Suzy soupçonneuse.

†

– Bon, alors voilà, on a sept marteaux, huit tenailles, douze échelles, vingt-trois lances entières, cinquante bouts de lances et une pelletée de clous.

– Pas de couronne ?

– Si, elle, on l'a. On a aussi des morceaux qui pourraient correspondre à une croix et quatre-vingt-dix vases et cent huit pots.

– Super. Il a dit que c'était écrit dessus ! se rappela soudain Hexerine.

Son amie se baissa pour attraper trois marteaux.

– Constate par toi-même.

– Sans déconner !

– Pareil. Arma Christi est écrit sur tous. Sauf les clous, bien sûr, faute de place.

– Non, mais c'est du délire. Comment on va s'y retrouver !

Le Maître et le gardien revenaient des forges.

– Vous semblez contrariées.

– Ce que nous sommes venues chercher est sous nos yeux, mais il nous est impossible de les dissocier des autres.

– Vous deviez en faire quoi, au juste ?

– Les enchâsser et les cacher.

Les dragons se regardèrent.

– L'objectif est que personne ne les trouve, c'est bien cela ?

– Absolument.

– Dans ce cas, pourquoi ne pas les enfermer là où personne ne viendra les chercher ?

– Ici ?

– Par exemple.

– Ou ailleurs ! fanfaronna soudainement Hexerine.

– J'espère que tu ne penses pas au même ailleurs que moi ?

– Si !

– Hex ! Les auréoles vont s'étouffer !

– Tant mieux ! Ils avaient qu'à faire attention à leurs objets. On planque tout chez ton amoureux !

– Vous avez un amoureux ?

– Le Diable.

– Et, ce n'est pas bien ? questionna le Maître ne voyant pas où était le problème.

– Il habite en bas et les propriétaires sont au-dessus.

– Mais non ! J'ai mieux !!! Nan, mais t'as raison, c'est une bonne planque, mais bon, trop de tensions. Éros !!!

– Mais…

– Catoche ! La montagne, on peut éventuellement la trouver. Mais vraiment y'a peu de chances. Tandis que le fond des abysses ?

– Ma chérie, j'ai même cent fois mieux !

– Vas-y. Nannn, fit Hexerine lisant dans les yeux de son amie. Tu es un génie.

Les deux femmes expliquèrent leur plan à deux dragons stupéfaits.

– Je m'incline devant tant d'audace.

La suite de la journée vit les deux amies choisir ce qu'elles emporteraient.

– Bon, pour Margaux, la batterie de casseroles et de marmites. Pour les filles, tissus, onguents, fards. Instruments de musique pour Esméralda. Bouliers pour les jumelles avec les livres de comptes vierges. Sapho, la collection des auteurs grecs. Dadou, les balles de coton. Parce que franchement, le truc que je porte, là, ça gratte, c'est pas possible. D'ailleurs faudra planter du lin dans le jardin pour supprimer la laine. Gudrun, les armes et armures, plus les livres de poésies. Suzy, les balais, tissus pour la poussière, balayettes. Lili, la maison de marionnettes. Les boules pour les enfants. Le bois pour les pupitres. Les tableaux et peintures pour le gamin. La tour. Une dague pour le capitaine, même si je reste convaincue qu'un bélier aurait été plus joli. Le prévôt, des tuiles pour son toit. Je crois qu'on a tout.

– Bon, vous avez bien noté tout ce qu'il fallait faire pour les simples ? Et pour les légumes ?

Les dragons acquiescèrent. Le départ était malgré tout douloureux : pour les fourmis et les bousiers parce qu'ils avaient super bien trimé et le rythme s'arrêtait, comme ça d'un coup ; pour les dragons qui s'étaient habitués à la présence des deux femelles humaines et qui avaient l'impression de l'arrivée d'un vide ; pour les deux femmes qui avaient la sensation de voler leurs hôtes.

– Merci pour tout, dit chaleureusement — et dans son cas, c'est dans tous les sens du terme —, Madame Catherine, vous nous offrez bien plus que ce que nous vous avons donné.

– Ouais, ça, c'est vrai. Pour mon chariot, merci, vraiment.

Difficile de se faire la bise en de telles circonstances.

– Salut beauté !

– Les Titans ?

– Eux-mêmes.

– Ben ?

– On vient installer un écran plat. Le patron s'est dit que peut-être vos amis voudraient connaître la suite.

– Et comme, on va être amenés à travailler ensemble, on s'assurera que tu fais tes abdos !

– Mais, enfin !

– La fesse molle, Catoche, la fesse molle ! s'amusa Hexerine. Allez, Julot, c'est parti !

– Vous êtes sûres qu'il peut tout tirer ?

– Z'inquiétez pas, le Julot, il a vaincu Hercule au tirage de char, les rassura un Titan. On vous met ça où ?

†

– Arrêtez ! Bande de sauvages ! Vous ne passerez pas !

– Bonjour Anthelme.

– Ah, c'est vous ! Qu'est-ce que vous foutez là ? Non, je sais, vous êtes venues rendre hommage au seigneur Faber Gé. C'est tout droit, vers le château.

Haussant les épaules, Hexerine fit prendre à dextre.

– On y va ?

– Après une si gentille invitation.

– Youhou !

Deux tentacules s'agitaient.

– Krakas !

– Non, je suis Kraquette, sa sœur, elle est retournée dans ses douves.

– Veuillez excuser ma méprise.

Kraquette rit.

– Vous savez un tentacule, reste un tentacule. Vous venez pour l'exposition ?

– Euh... Oui.

– C'est bien. C'est une idée de la princesse. Vous comprenez dans le château de son père, il n'y avait plus assez de place.

– Bien sûr.

– J'espérais que vous passeriez, parce que j'ai un petit problème.

– Nous sommes toutes ouïes. Ouch, fit Hexerine se frottant les côtes.

– C'est en rapport avec les prisonniers.

– Merde ! On a oublié O'Solemio !

– Celui qui se lamentait tous les jours, en chantant des airs tristes ?

– Celui-là.

– Oh, il est parti avec les autres. Ils l'ont libéré. Non, ce n'est pas lui, c'est l'autre.

– L'autre ?

– Oui, un vieux. Je ne dirais pas tout moche, mais tout fripé.

Les deux femmes échangèrent un regard.

– Genre, il parle tout seul en répétant la même phrase !

– Oui !!!! Vous le connaissez ?

– L'ermite.

– Oh, donc on va le laisser où il est.

– C'est mieux.

– Non, la coupa Madame Catherine. Je veux lui parler.

– Mais ?

– Il y a quelque chose qui me chiffonne.

Elles pénétrèrent dans la grande salle pour se diriger vers les geôles.

– C'est marrant, personne ne nous arrête.

– Parce que l'exposition a lieu ici, indiqua Madame Catherine. La salle des œufs portait bien son nom.

Les deux femmes prirent le temps d'observer les vitrines.

– Impressionnant.

– Merdique oui ! fit une voix derrière elle. Je me présente : O'Mygott. Un passe-temps de chiffe molle. Tu parles d'un seigneur. Il a débarqué ici en suzerain avec une armée qui ne savait même pas se servir d'une épée. C'est l'autre là, le croisé qui a mis tout le monde d'accord. Il a passé quelques soldats au fil de l'épée.

– Ah, celui-là, on le connaît.

– De toute façon, il est le suzerain, fit pragmatique Madame Catherine.

– Exact. C'est une quiche quand même. Je ne serais pas étonné que notre bon roi mette un terme à cela.

– De quel roi, parle-t-il ? chuchota Mme Catherine.

– Du rosbif, si tu veux mon avis.

– C'est tout de même une belle collection.

– Un homme est fait pour les armes. Les arts créatifs, c'est bon pour les gonzesses.

Il les planta là.

– Heureusement qu'il ne va pas en Chine, que dirait-il des éventails !

– Pas grand-chose, il finirait empalé avant d'avoir commencé.

Un murmure de voix leur parvint. Aidées par les tentacules s'agitant pour montrer le chemin, elles arrivèrent au fond du fond des geôles. Une cellule ouverte vu qu'il n'y avait plus de porte laissait entrevoir un homme assis devant un pupitre. Il marmonnait quelque chose, l'écrivait, relisait puis froissait le parchemin.

– L'ermite !

– Qui me parle ? Est-ce vous seigneur ?

– Non, c'est nous.

Il se retourna et les observa.

– Vous êtes inattendues.

– Que faites-vous ici ?

– Le sieur de ce château m'offre la chance de ma vie.

– Qui est ?

– Écrire mon histoire.

– Vous n'aviez pas en tant qu'ermite une mission ?

– Si ! Elle est accomplie. D'une certaine façon. Y'avait un dragon dans la grotte. Il n'a pas apprécié que je dépose mes offrandes partout. Il a dû tout brûler. C'est ce que m'a dit le seigneur de ce lieu. Il était venu me voir pour un conseil, il a visité mes grottes et est revenu tout chose. Sans doute touché par la grâce. Du coup, il m'a proposé de venir ici. J'ai dit que j'avais une mission. Il m'a dit qu'il savait laquelle et qu'elle était accomplie. En même temps, quand j'ai vu débarquer le dragon, je n'ai pas attendu mon reste. Le sieur m'a dit qu'il avait tout brûlé. C'est un homme de Dieu, je lui fais confiance.

– Et vous écrivez ?

– J'essaie, mais je n'arrive pas. Je bloque.

Hexerine prit quelques papiers jonchant le sol : « un jour mon prince viendra », « c'est le temps des cerises ».

– C'est sûr que ce n'est pas facile. Moi, j'aime The Winter is coming, l'encouragea-t-elle

– Oui ! Elle est formidable, mais derrière il faut des nains, des elfes, des méchants et je n'ai pas d'idées.

– Vous avez essayé « il était une fois » ?

L'ermite resta la bouche ouverte, les yeux dans ceux de Madame Catherine.

– C'est... C'est...

– Facile, léger, compréhensible de tous.

– Oh, Seigneur ! Vous m'avez entendu.

– Et si vous sortiez ?

– Je ne peux pas.

– Il n'y a pas de porte, fit remarquer Hexerine.

Il se leva, s'approcha et au moment de franchir le seuil
« Si tu sors, tu ne pourras écrire » se fit entendre.

– Ouh, moderne avec ça, lâcha Hexerine faisant le tour
du couloir. Un fil, une clochette en haut et un soldat qui
beugle. Bien, bien.

– À mon avis, Faber Gé ne le sait pas.

Hexerine s'éloigna un temps. Les mains posées sur le
mur, elle ouvrit la bouche dont aucun son ne sortit. En
revanche, Anthelme entendit des voix. Une surtout.

- « Anthelme ! Anthelme ! Toi, qui m'as si bien servi !
Rends-toi au château et libère l'ermite. Il est le Graal ».

Elles quittèrent le vieil homme trop heureux de sa
nouvelle phrase non sans lui avoir dit en partant « Celui
qui vous libérera sera votre première histoire ». Et ce fut
Anthelme, arrivé au triple galop.

– Place, bande de saligauds !

L'ermite vit la lumière du jour et fut présenté à la cour.
Depuis les douves, les deux amies observaient la scène.

– Ermite du fond des geôles, soyez libéré ! proclama
Faber Gé. Que souhaitez-vous ?

– Écrire. Il me faudrait écrire la vie de mon libérateur.

– Alors, vous êtes le bienvenu dans ce château ! Qu'on lui donne une chambre et de quoi réaliser son rêve. J'aime les gens créatifs.

L'ermite s'inclina.

– O'Percule ! cria Hexerine montrant le sieur à côté de la princesse.

– Potdyaourt.

– Comment ?

Kraquette qui tenait les deux femmes sur ses tentacules leur précisa le nom de la princesse.

– Potdyaourt. C'est le nom de la princesse et le prince, c'est son mari. Enfin, demain.

– Forcément, les deux vont ensemble

– On se marie vite dites donc ! constata Madame Catherine.

– C'est à cause de la date de péremption, dit Hexerine, éclatant de rire.

Elles quittèrent Kraquette, qui remercia pour la viande fraîche, pour reprendre le chemin de la maison. Pourquoi, comment, nul ne sait, mais elles repassèrent par la forêt enchantée. Peut-être que le champ de trèfle, plat préféré de Julot, y était pour quelque chose.

– Enchanté ! Enchanté ! criait-on de toutes parts.

Elles y passèrent la nuit afin de satisfaire les sollicitations des uns et des autres. Au matin, deux sacs nouveaux trônaient dans leur charrette.

– Nous sommes des orchidées en fin de vie, mais si vous nous soignez comme il faut, nous pourrons donner de nouvelles boutures et agrémenter votre demeure.

Madame Catherine, rose de joie, s'inclina.

– Moi, j'ai de nouvelles herbes médicinales. Avec des arbustes. Ce voyage est vecteur de belles choses, je trouve.

Et de belles surprises. Un chemin fortement boueux fut traversé sans peine quand les deux femmes remarquèrent les deux petites planches à côté des roues. En actionnant un levier, elles s'abaissaient tandis que les roues se levaient.

– On glisse !!!! battit des mains Hexerine.

– Comme ça, en hiver, tu pourras circuler sans en avoir jusqu'aux hanches !

Fièrement, elles arrivèrent sur l'esplanade devant le château. La princesse, les catins présentes, Haldebarde et tous ceux du château accoururent armes au poing.

– Bonjour, l'accueil.

– Je crois que c'est la tour de siège à l'arrière, supposa Madame Catherine. De loin, ça doit prêter à confusion.

Du haut des remparts, ils reconnurent les deux femmes, les virent descendre de leur engin rouge vif, détacher la tour, négocier l'emplacement, genre au milieu du terrain.

– Ce n'est pas un peu loin pour assiéger ? questionna un garde.

– Allez, les gamins ! Qui veut essayer la tour glissante ? ! appela Hexerine.

Le pont-levis fut abaissé, mais enfants et adultes arrivèrent craintivement.

– Non, mais, c'est bon, les gars ! Y'a pas de risque !

– Ça fait partie des bricoles dont vous parliez dans le SMS ?

– Oui, entre autres.

– Parce que Suzy n'était pas enthousiaste.

– Dadou !

– Bon, Catoche, fais une démonstration.

– Pourquoi, moi ?

– Parce que tu ne sais pas atterrir.

Les enfants virent la matrone monter et descendre plus vite, quelque peu échevelée.

– Non, mais ! Comment tu fais pour arriver la tête la première, alors que tu pars les pieds devant !

– J'ai glissé chef.

Un petit garçon de six ans affrontant sa peur grimpa. Son sourire radieux à l'arrivée convainquit les autres. Ce fut le gamin qui organisa les tours de passage.

– Ah ! On a ça aussi !

Elles sortirent les boules et les déversèrent sur le sol. À la plus grande joie des enfants et des adultes qui commencèrent à se dire « qu'on pourrait faire des équipes et faire un tournoi contre les ploucs du seigneur machin truc ».

La princesse prit les femmes à part.

– Vous êtes un don du ciel.

– Non, d'Eulalie, rectifia Madame Catherine. Tout cela, c'est elle qui l'a voulu.

Elles restèrent ainsi un moment à regarder petits et grands s'amuser.

– Bon, on va rentrer, il est temps de s'occuper des Tanneurs, décida Madame Catherine.

– Je vous suis, annonça la princesse

†

C'était un bled blasé par l'inhabituel qui vit d'abord entrer Hexerine et Madame Catherine aux commandes d'un bolide non identifié, puis la princesse en tenue d'apparat suivie de sa troupe armée et casquée et du côté opposé, le guet, harnaché pour le combat, encadrer le prévôt vêtu de son habit des grands jours, des jours de justice, des jours d'exécution. Les Tanneurs eurent la surprise de les voir arriver accompagnés de Gudrun et Haldebarde, imposants dans leur armure sur leurs chevaux colorés. Tous surent où ils allaient. Le roi des Tanneurs se mit en travers de leur chemin.

– On ne passe pas !

– Oh que si. Tu vois, ma copine porte une robe qui la gratte, mais vraiment, alors elle n'est pas d'humeur. Ôte-toi de son chemin.

Le roi des Tanneurs voulut faire le brave, mais renonça quand il vit le cou rouge de Madame Catherine. Ça devait drôlement la gratter.

– Regardez qui voilà ! jubilèrent les Tanneurs du fond du monde. La trêve est rompue !

Des criminels se montrèrent à tous les coins de rue, sur les toits, devant les portes. Armés et prêts à en découdre.

– Princesse, restez en arrière, ordonna plus qu'il ne conseilla le capitaine du guet. Archers ! En position !

Les archers gagnèrent les toits et ciblèrent ceux qui pouvaient l'être. Les gardes de la princesse sortirent l'épée du fourreau au signe d'Haldebarde. La tension était forte, très forte ; tellement palpable qu'on pouvait en découper des tranches. Des années de terreur, d'épuisement avaient détruit ce quartier. Le temps était à la justice.

Un termite qui passait par là grimpa jusqu'à l'oreille d'Hexerine. Ses pupilles devinrent noires. Celles de son amie aussi. À la surprise de tous, elles entrèrent au pas de charge dans le bordel de la fin du monde.

– Vous allez crever ! fut le cri d'accueil.

– Mais oui, mais oui.

Un poignard transperça Hexerine.

– Eh, il a fait un trou dans ma robe ! Fait chier, j'en ai qu'une de sale !

Le propriétaire du poignard se prit un coup de poing magistral. Les criminels présents n'eurent pas la présence d'esprit de fuir. Ils insistèrent, tentant de transpercer les femmes ; ils se mirent en travers de leur route jusqu'à ce que le hachoir fasse son apparition.

– J'espère qu'elle a pensé à éviscérer avant de trancher, marmonna Haldebarde, entendant le bruit de la lutte.

Lorsqu'elles apparurent sur le seuil, ce ne fut pas la robe imprégnée de sang qui effraya, ni le sourire de Hexerine, mais le petit groupe d'enfants miséreux qui se cachait derrière elles.

– Archers !

Les flèches jaillirent et firent mouche.

– Soldats ! cria Haldebarde. Rendez justice !

Les chevaux partirent à toute allure entraînant avec eux leurs cavaliers, épée en main, qui tranchèrent dans le vif. Les Tanneurs du fond du monde tentèrent de fuir, mais en vain. Le guet et les soldats avaient encerclé le quartier. Quelques Tanneurs reçurent des coups de marmite bien à propos lorsqu'ils tentèrent de se protéger sous une fenêtre.

– Merci, Madame, remercia un soldat du guet.

– Pas de quoi ! Elle me vient de ma belle-mère, au moins elle aura fait quelque chose de bien !

Les prisonniers furent amenés devant le bordel des horreurs. La Mort se glissa aux côtés de Madame Catherine.

– Seigneur, dit-elle en s'adressant à la princesse, je demande le droit de justice.

Le prévôt voulut s'interposer, mais le capitaine l'en dissuada.

– Laissez-la faire. Elle va faire le tri du bon grain de l'ivraie.

En bas, l'administration du Diable s'affairait.

– Alors, lui, même pas en rêve on le sauve. Lui, irrécupérable. Elle, curable. Lui, aussi.

La Mort, que nul ne voyait, dictait le choix du Diable. De son hachoir, Mme Catherine désigna ceux qui étaient bons pour les geôles et ceux bons pour Jolicœur et le bourreau. Il resta une quinzaine d'hommes et de femmes.

– Que voulez-vous faire d'eux ? demandèrent en chœur la princesse et le prévôt.

– Philippidès[14] !

Un « ouah » général fit comprendre à Madame Catherine que le Grec venait d'arriver.

– Choisis-toi une équipe et forme-la. Je veux des hémérodromes professionnels.

Il opina. Cinq sortirent du rang pour entrer dans son équipe.

– Les autres, vous vous occuperez des égouts : construction, curage, entretien pour les uns et des fosses septiques pour les autres.

– Va te faire foutre, morue !

D'une main, elle l'attrapa à la gorge et le colla au mur. Ce ne fut pas le visage de Madame Catherine qu'il vit, mais celui du Diable.

---

[14] Hémérodrome grec : homme pouvant courir pendant toute une journée. Philippidès fut envoyé par Athènes pour prévenir Sparte de l'arrivée des Perses et obtenir leur soutien.

– Dis encore une seule parole et tu seras guéri. Définitivement. Tu vas faire ce que dit la dame ou je te promets des tourments bien pires que ramasser du caca.

– Oui, m'sieur. Bien m'sieur.

– Hex. À toi.

– Les gars, amusez-vous, dit-elle devant la maison, s'adressant à quelqu'un ou quelque chose que nul ne pouvait voir.

Une rumeur. Un bruit ? Oui, un bruit. Un grignotage même. En quelques minutes, la maison s'effondra rongée par les termites.

– Les termites ! hurlèrent les habitants.

– Ça va, ça va, y'en avait que dans la maison, les rassura Hexerine.

– Vous êtes sûre ?

– J'ai une tête à mentir ? dit-elle toisant l'importun.

– Non, Madame.

– Ben, voilà.

– Un parc. Ce sera beau un parc ici. Avec des arbres, des fleurs, suggéra la matrone.

La princesse quitta les Tanneurs sous les révérences de la foule, suivie de ses gardes qui se rengorgeaient d'être les soldats de la princesse. Les deux amies, quant à elles, retournèrent au bordel, après avoir demandé aux Tanneurs de dresser une liste des améliorations qu'ils voudraient voir dans leur quartier.

– Alors vous voilà ! râla Suzy plumeau en main. Vous avez encore fait des bêtises !

– Absolument pas. On a nettoyé.

– C'est ça, comme les douves...

– Suzy, paix. Je monte dans mon bureau, Hex distribue ce qui peut l'être, je redescends.

†

– Fait chier ! jura-t-elle devant le coffre, qui s'ouvrit en entendant le mot de passe.

Rapidement, elle griffonna quelques mots sur un parchemin qu'elle envoya à la banque. DerPo s'enthousiasma enfin des nouvelles de sa meilleure cliente, mais moins quand il lut le contenu. Le coffre vomit la bourse quelques instants plus tard.

– Philippidès !

– Présent !

– Toujours aussi rapide ! Merci pour l'équipe.

– Je ne peux rien te refuser.

– Porte ceci à Anthelme, c'est le prix de sa maison. Il est au château de la princesse Potdyaourt. Tu ne peux pas la louper, elle porte bien son nom.

– J'ai droit à un bisou ?

Elle le prit dans ses bras.

– Allez, file !

†

– Ah ! La voilà ! J'ai tout distribué ! On y va ? questionna Hexerine.

– On y va.

– Stop ! Vous allez où, menaça Margaux se mettant en travers de leur route.

– Ranger des trucs dans la cave.

– Les sacs, là ?

– Ouiche.

– Et pourquoi que vous les mettez à la cave ?

– Parce que c'est pour Noël, expliqua Madame Catherine. Sapho, tu vas t'occuper des fleurs qui sont là : sors-les du sac et pose-les dans la salle des bains. Je m'en occuperai après. On revient.

– Mais, bien sûr, encore avec un truc momifié, je parie, râla Suzy suspicieuse.

– Allez, Suzy, viens m'aider, on fait apéro ! tonna Margaux, brisant là les inquiétudes.

†

– Salut, Charon !

– Salut, les filles ! Alors, on fait des siennes !

– Sages comme des images ! Merci pour les dragons.

– Oh, ce n'était rien. J'ai envoyé les fistons : Charrette et Charrue. Ils étaient contents. Dis donc vous en ramenez de la merdasse !

– Ah, là, du lourd !

– C'est nous ! firent les deux amies en entrant dans la salle de réunion.

– Eh, c'est notre réplique ! rouspétèrent les deux SMS.

Ils eurent droit à un bisou en guise de pardon.

– Alors ça, Père Lipopette ! Vous ici !

La blague fit le tour des Enfers glaçant le sang des auréoles.

– Très drôle. En attendant, vous avez échoué.

Les deux amies se lancèrent un regard pour savoir laquelle allait parler.

– Dans ce sac, il y a les marteaux et les tenailles ; là, les clous, les morceaux de lances ; les lances arrivent avec les échelles. Toutes sont marquées aux armes du Christ. La seule qu'on a pu reconnaître, c'est la couronne. Voilà.

– Que voulez-vous qu'on fasse de toutes ces…

– Merdasses ? Ce que vous voulez. Dedans, il y a ce que vous cherchez, mais nous on sait pas les reconnaître. Ma copine et moi, on a fait notre taf.

– Vous nous avez demandé de les retrouver, c'est fait ; de les cacher, c'est fait. La montagne des dragons, poursuivit Madame Catherine empêchant tout contre argumentaire, peut être creusée ; les abysses, les hommes peuvent inventer des machines pour y aller.

– On a bien pensé à ici, mais comme vous êtes frileux. Donc y'a plus que là-haut ! Introuvables.

– Bien sûr que si, les hommes trouvent toujours ce qu'il ne faut pas.

Les deux amies se concertèrent du regard, genre « ils ont vraiment dit ce qu'ils ont dit ? ».

– Ce n'est pas comme si, arrivant chez vous, ils étaient déjà morts. Les morts-vivants, ça n'existe pas.

– Ben, et vous !

– Nous, on est une erreur rectifiée !

– Elles ont raison et vous le savez, intervint le Diable. Soit cela reste chez moi, soit cela monte chez vous.

– Soit vous l'offrez aux hommes avec les conséquences que cela peut avoir, compléta Madame Catherine.

– Dans tous les cas « démerden Sie sich », conclut son amie.

Le père Lipopette soupira.

– Au fait, tant qu'on y est, faudrait revoir vos sources d'information, parce que l'ermite, il est bien vivant !

– Que ?

– Oui, parfaitement, il s'est même lancé dans le conte de fées !

– Il va raconter la vie d'Anthelme !

– Un homme saint, commenta l'archange. Soit. Nous gardons les objets saints. Notre Seigneur décidera de la suite. Les hommes deviendront peut-être un jour raisonnables.

– Mais oui, bien sûr, dans une éternité lointaine.

Elles quittèrent l'assemblée, qui devait discuter des modalités d'envoi et de réception, pour aller dans l'antre de Vulcain.

– Stop ! Même pas en rêve vous vous disputez, clama haut et fort Madame Catherine. J'ai besoin de moules d'œufs. Toute taille, aussi bien pour du bronze que de la céramique.

– Dis donc je suis forgeron moi !

– Eh, bien vous élargissez la gamme.

– Tu m'expliques ?

– Faber Gé. On le prend pour une quiche à cause de sa collection. Avec un œuf serti de pierreries, on l'admirera.

– Et où je trouve… Ah ! J'ai compris ! Les dragons ! Tu es une maligne toi ! Tu me laisses le choix ?

– Non.

Il partit d'un grand éclat de rire.

– Allez top-là, ma belle. Je vais te faire les plus beaux œufs du monde entier.

– Et tu pourrais faire des moules pour des œufs en chocolat ? lâcha doucement Hexerine cachée derrière son amie.

Vulcain grandit pour mieux se pencher.

– Seulement, si tu en fais au chocolat blanc.

– Vendu !

– Non, mais vous, vous êtes pires que des gosses, souffla Madame Catherine.

†

– Ah vous voilà ! Froide ou chaude la bière ?

Hexerine fit mine de s'évanouir.

– Chaude, de la bière chaude ! Où tu as vu ça ?

– Ben, Madame Catherine prend des bains froids, vous votre oreiller, c'est une bûche, donc je demande.

– Froide, Margaux, froide. Nous allons dans la maison d'Anthelme.

– Vous avez la clé ?

– Pour quoi faire ? lança Hexerine.

– Oh, je ne sais pas, marmonna Margaux, pour ouvrir la porte. Ce que les gens normaux font.

†

– Ça pue ou c'est moi ?

– Non, l'odeur est infâme.

– On dirait que cela vient de la cave.

Une fois devant le seuil, elles hésitèrent. La maison en soi n'avait rien d'exceptionnel : tout y était austère. La cave, en revanche, c'était autre chose.

– Pourquoi ai-je l'impression qu'on ne va pas aimer ce qu'on va voir ?

Prudemment, elles descendirent une à une les marches. L'odeur était très présente. Odeur qu'elles reconnurent toutes les deux.

– Taxidermiste ?

– J'espère.

La torche qu'elles avaient emportée éclaira ce qu'Anthelme voulait taire. Des têtes réduites ornaient les étagères. Tout type de tête : enfants, femmes, hommes. Beaucoup d'hommes. Une fois la nausée passée, elles étudièrent de plus près les visages, par instinct.

– Lui, je le connais. Les Gémonies lui ont mis main dessus en sortant de mon bordel.

Appelé par le dégoût des deux femmes, le Diable se présenta.

– Un homme saint, hein, grommela-t-il de colère.

– Pourquoi n'as-tu pas senti le mal ? interrogea Madame Catherine.

– Il était protégé par la Croix.

Hexerine découvrit une porte.

– Est-ce que tu crois que c'est ce que je crois ?

– Cela mène aux Gémonies ?

– Non, au fond du monde, découvrit le Diable voyant au travers des murs.

– Donc les Gémonies ?

– Je ne sais pas, fit-il, je ne sens pas le mal venant de là. Il est plus sournois. Plus difficile à humer.

– Quelqu'un qui se sert des Gémonies ?

– Elles sont insouciantes, fanatiques. Un beau parleur serait mieux à même d'incarner le Mal, analysa Madame Catherine.

– Ok. Aofhjzeçihedjf.

Une scolopendre fit son apparition. Une discussion s'ensuivit entre elle et Hexerine.

– On est à une victime par mois en moyenne, calcula le Diable, faisant le tour des étagères.

– Sans compter les essais ratés.

– D'après nos amies, celui qui vient souvent est un gros ventru, grande gueule et qui se fait appeler roi.

– Le roi des Tanneurs ! crièrent-ils ensemble.

Madame Catherine sortit en trombe de la maison, monta en courant à son bureau et contacta DerPo. Contrarié, il lui donna la somme demandée « mais vous savez, faut penser à votre retraite ». Ce à quoi elle répondit « j'agrandis le bordel ». DerPo se promit de brûler un cierge en son honneur. Il savait que l'argent allait couler à flots.

Hexerine la vit se précipiter chez les Gémonies.

– Dieu nous a entendues ! Il vous a transformée ! Vous êtes enfin dans le droit chemin, hurlèrent-elles quand elles la virent franchir le seuil.

Il lui fallut quelques minutes pour comprendre de quoi elles parlaient.

– Non, mais la robe de bure, c'est parce que je n'en avais pas d'autres. Voilà une bourse pleine. J'achète votre maison. Il y a un seigneur qui a vils péchés à se faire pardonner et qui aurait bien besoin de vous.

Les Gémonies cédèrent, sans hésitation, leur maison quand elles ouvrirent la bourse.

– C'est de l'argent sale !

– Il vient de l'officine, pas du bordel. Vous avez ma parole.

– Nous passerons chez le prévôt demain. Et partirons la semaine prochaine, car j'imagine que ce pécheur est mauvais.

– O'Mygott, vous n'imaginez pas.

✝

– Tout le monde à la bibliothèque ! Tout de suite !

Le bordel se mit en branle et attendit les annonces, non sans inquiétude.

– Margaux, désormais, tu feras la cantine pour les enfants et tu aideras les moines et les moniales à apporter un peu de douceur au porridge qu'ils servent tous les jours. Suzy ! Avec Lili, tu prendras en charge les bains. On s'installe chez les Gémonies, je viens d'acheter leur maison. Bains publics avec salon d'esthétique, Mélissandre et Esméralda, ce sera votre domaine. La maison est assez grande pour que Dadou y installe avec

Gudrun leur boutique de vêtements et chaussures. Yselda et Adalinde vous tiendrez l'accueil et la caisse. Sapho, tu tiendras l'officine avec moi. On s'installe chez Anthelme. Quant au bordel, il est fermé ! Définitivement ! Margaux, on agrandira ta cuisine avec un ou deux pianos, j'en ai vu dans la brocante où on était. Il te faudra des aides, donc je demanderai à la princesse d'instruire les enfants et après on s'organisera avec les Tanneurs pour les former à des métiers. D'ailleurs, Yselda et Adalinde vous donnerez des cours pour gérer une boutique, apprendre à faire des comptes.

C'était dit d'une traite d'une voix qui n'acceptait aucune opposition.

– Hum, toussota Sapho.

De toutes, c'était la catin qui pouvait s'opposer à la patronne.

– Margaux continuera à faire les repas pour nous ou...

Hexerine éclata de rire.

– Rho, ça va ! Je réussis très bien les pommes de terre à l'eau ! Mais oui, Margaux cuisinera aussi pour nous.

Un immense soulagement tomba des épaules des catins.

– Hum, Suzy voudrait savoir si elle peut continuer le ménage ici, vu que les tunnels...

– Oui, Suzy, tu pourras aussi.

– Comme ça, je pourrai tester votre soi-disant plumeau magique.

– Dis donc, femme de peu de Foi ! Une lance surmontée d'un hérisson crevé ! Le grand luxe ! Aucune toile d'araignée ne lui résiste, s'offusqua Hexerine.

– Ah oui, et vous l'utilisez ?

– Je suis pour la protection des toiles !

– On peut ? commença timidement Margaux.

– L'apéro ? Et comment !

†

– Messire, un courrier.

Faber Gé ouvrit le colis et resta stupéfait de joie. Il en pleura.

« Messire,

Après avoir assisté à votre remarquable exposition, permettez-moi de vous offrir une trouvaille faite sur un marché lointain. J'espère qu'elle vous agréera.

Un admirateur. ».

L'œuf de Faber Gé devint la coqueluche de toute la région. Anthelme continua le récit de sa vie, mais trop confiant, il se livra davantage et toutes les précautions dont il avait usé par le passé volèrent en éclat quand il décrivit son passe-temps pendant les croisades.

– J'ai dû en faire des essais avant que ça marche !

Le lendemain, il perdit sa tête.

– Pas de ça chez moi, avait dit O'Percule soutenu par la princesse Potdyaourt.

– Flûte, je n'avais pas fini, geignit l'ermite.

– Et si je vous racontais ma vie de princesse ?

- « Il était une fois, une jolie princesse appelée Potdyaourt », marmonna l'ermite. Oui ! Ça me plairait grandement.

†

– Messire O'Mygott, des Gémonies se sont installées en ville.

– Que voulez-vous que cela me fasse. Ce sont des pécores ! Qu'elles restent avec les pécores.

Oui, mais voilà, pour chasser le mal, il faut chanter. Et la voix porte. Loin. Jusqu'au château.

– Qu'on les fasse taire ! Pitié, j'en peux plus !

– On ne peut pas. Le peuple les aime. On aurait une révolte. Le mieux, c'est de chanter avec elles.

O'Mygott renonça et quitta le pays pour l'Écosse. Suivi des Gémonies. Le monstre du Loch Ness est aussi parti : les chants de scie des nonnes, c'était plus possible. Depuis, on le cherche.

†

Le roi des Tanneurs restait insouciant. Trop. Il ne prit pas garde à la tranchée pour les égouts. La mort fut foudroyante. Noyé dans le caca. Sa tombe fut mise à l'écart du fait de l'odeur et parce qu'il risquait de dénaturer le carré des parias, le plus fleuri du cimetière. On ne savait pas pourquoi, les fleurs poussaient de-ci de-là, au gré de leurs envies. La croix de l'Ogresse portait le doux prénom de Marie Anne et sa tombe était couverte de lys blancs. Les fleurs de la Vierge.

†

Les dragons qui avaient suivi les aventures des deux amies agirent de leur côté. Ils se lancèrent dans la fabrication d'œufs pour Faber Gé et pour le commun des mortels tout en travaillant pour Vulcain. Les Élus firent livrer à Madame Catherine le reste des merdasses. Et y'en avait ! Au point que le Diable demanda aux Titans de relier les trois caves.

– Avec ça, si elle n'arrive pas à ranger !

Les dragons ajoutèrent de l'or en lingots et des pierres précieuses.

« L'éducation a un coût » dictèrent-ils aux SMS.

DerPo dansa la gigue en voyant arriver l'argent.

†

– Alors, Madame Catherine, vous allez faire quoi demain ? demanda Margaux une bière en main. Parce que faudrait vous reposer.

– Et pas moi, peut-être ? s'insurgea Hexerine.

– Non, vous, vous devez ranger vos courses.

– Ah oui, c'est vrai.

– Je crois que je vais ranger ma cave.

– Alors, là, c'est sûr, on va tous mourir, professa Suzy.

La maison se mit à rire.

– Non, mais là, vous n'allez pas me dire que vous ne sentez pas les secousses ! s'alarma Yselda. Je vous dis que cette baraque est vivante.

– Mais oui, mais oui, et le Diable, il habite en dessous, se moqua Hexerine. Sers-moi une bière, au lieu de dire la vérité.

257